Danksagung

An dieser Stelle möchte ich mich kurz bei allen Menschen bedanken, die mich auf meinem Weg, bis hier hin, begleitet haben. Dazu gehören natürlich meine Freunde und meine Familie und viele andere nette Menschen, die ich auf diesem Weg kennen lernen durfte. Ein besonderes Dankeschön gilt an dieser Stelle Denis & Katharina, ihr wisst warum. Danke an euch alle! Danke, dass ihr an mich geglaubt habt und immer hinter mir standet, egal was war.

„ Habe immer Mut. Halte an deinen Träumen fest, auch wenn es nicht immer leicht ist, denn diese helfen dir, in schweren Zeiten nach vorne zu schauen".

Two worlds, one family

Eine magische Liebesgeschichte zwischen zwei Welten

34 Stunden, 26 Minuten und 41… nun 42 Sekunden habe ich nicht mehr geschlafen. Und doch fühle ich mich so wach wie noch nie zuvor. Ich wusste schon immer, dass das Leben mehr für mich bereit hält. Allerdings dachte ich dabei daran, aus Woodhome raus zu kommen und die Welt zu sehen, und nicht daran, die Liebe meines Lebens zu finden. Und das meine ich wortwörtlich. Denn Damien benötigt mein Leben, um seines zu retten. Ich schaue wieder auf die Uhr. 34 Stunden, 28 Minuten und 11 Sekunden. Ich kann es drehen und wenden, wie ich will. Für mich gibt es kein Happy End in diesem Leben.

Einige Tage zuvor: Zoye

„Sweet home Alabama, where the skys are so blue". „Oh gib Ruhe", ich schlage im Dunkeln nach meinem Wecker und nach dem dritten Versuch treffe ich ihn endlich. Ich schaue auf mein Handy und natürlich habe ich eine Whats App von Haley: Guten Morgen Sonnenschein. Aufstehen, oder willst du an deinem ersten Tag unseres letzten High School Halbjahres aussehen wie ein Waschbär auf Drogen?! Typisch Haley. Sie sitzt jetzt vermutlich schon fertig und top gestylt am Frühstückstisch und trinkt ihren fettarmen, laktosefreien Latte. Ich schaue auf die Uhr. In einer Stunde muss ich in der Schule sitzen und Kyle wiedersehen. Kyle ist seit dem Kindergarten mein bester Freund. In der siebten Klasse sagte er mir dann, dass er mich liebte und wir kamen zusammen.

Dieses Jahr vor den Winterferien trennte ich mich von ihm. Es war der Tag, an dem meine Mom verschwunden war, der 12.12. und wie jeden Tag, verbrachte ich diesen Tag im Wald. Vor acht Jahren war ich mit Mom dort spazieren. Mir wurde kalt, doch sie wollte noch weiter laufen, weshalb ich ohne sie nach Hause ging. Unser Haus liegt direkt am Waldrand und ich bin sozusagen im Wald groß geworden. Bis spät am Abend war meine Mom nicht zurückgekehrt. Die Polizei suchte über ein Jahr nach ihr, doch sie war unauffindbar. Seit diesem Tag wohnt meine Tante Mary bei mir. Sie kümmert sich um mich, so gut sie kann, allerdings ist Mary nicht gerade der typisch „Muttertyp". Aber ich bin Mary unglaublich dankbar, dass sie ihr Leben in New York damals aufgab, um sich um mich zu kümmern. Die Vorstellung aus Woodhome wegzuziehen, alles zurückzulassen, auch unser Haus und meine Freunde, ängstigte mich sehr. Mein Dad hat uns, als ich klein war, verlassen, aber mehr weiß ich auch nicht. Mom hat nie über ihn gesprochen, sie meinte es wäre besser für mich.

„Zoye, wenn du nicht auf der Stelle deinen süßen Hintern ins Auto bewegst, kommst du an deinem ersten Schultag zu spät." Ich werfe noch einen letzten Blick in den Spiegel. „Passt schon", denk ich mir. Ich meine, ich weiß, dass ich nicht hässlich bin, allerdings auch nicht Americas next Topmodell. Ich bin 1,64 groß, normal gebaut und habe langes, braunes und leider auch welliges Haar. Ich sollte mich eigentlich nicht beschweren, aber können sie nicht lockig oder glatt sein. „Ich meine es Ernst Zoye, du kommst zu spät". Ich flitze die Treppe herunter und Mary hält schon die Autoschlüssel bereit. „Viel Spaß Schatz, und rede mit Kyle. Er hat den Sommer gefühlte hundert Mal hier angerufen". „Ja Mary", rufe ich im Vorbeigehen und steige in mein Auto.

Nachdem Mom verschwunden war, musste Marys Geld für uns beide reichen. Daher konnte Mary mir zu meinem 16. Geburtstag kein Auto kaufen, was auch kein Problem war. Haley nahm mich jeden Morgen mit ihrem Mini mit in die Schule und Woodhome ist auch nicht sonderlich groß, sodass ich immer alles zu Fuß erreichen konnte. Morgens, an meinem 16. Geburtstag, klingelte dann allerdings das Telefon. Ein Banker war in der Leitung und erklärte mir, dass ein Sparkonto auf meinen Namen hinterlassen wurde, dass mir an meinem 16. Geburtstag überreicht werden sollte. Ich fuhr mit Mary auf die Bank, da wir erst dachten, jemand hätte sich einen blöden Streich erlaubt. Doch es stimmte. Jemand hatte ein Sparbuch für mich errichtet und seit meiner Geburt jeden Monat tausend Dollar darauf überwiesen. Wer dieser jemand war, durften sie mir nicht sagen. Ich weiß bis heute nicht, von wem das Geld stammt. Nachdem ich wochenlang hin und her überlegt habe, gab ich irgendwann auf. Mary kaufte mir mit diesem Geld einen schwarzen SUV, so einen wie Mom fuhr. Haley findet den Wagen viel zu unweiblich, aber ich liebe ihn. Jedesmal, wenn ich ihn ansehe, muss ich an Mom denken. Sie ist gewiss irgendwo hier und lächelt, wenn sie mich durch Woodhome fahren sieht.

Ich fahre auf den Platz der Woodhome High School. Haley steht neben ihrem Mini und winkt aufgeregt hin und her, als sie mich kommen sieht. Als ich aussteige, kommt sie auch schon auf mich zugerannt. „Omg, Zoey ich muss dir unbedingt etwas erzählen. Ich wollte es dir unbedingt persönlich sagen, also halt dich besser fest. Angeblich hatte Kyle gestern ein Date mit Sarah". Sie schaut mich erwartungsvoll an. „Aha?". „ Sag mal, hast du noch keinen Kaffee getrunken? Ich meine die Sarah, unseren Chearleedercaptain / größte Zicke aus Woodhome?". „Haley, das ist wirklich süß, aber ich habe mich nicht ohne Grund von Kyle getrennt. Ich liebe ihn, aber eben als Freund und ich möchte, dass er glücklich ist. Und wenn Sarah ihn glücklich macht, dann ist das eben so." Haley schnaubt und hakt sich bei mir unter. „Rede dir das nur selbst ein Zoey und wenn du bereit für die Wahrheit bist, kommst du zu deiner besten Freundin und Hobbypsychologin Haley". Wir steigen die Treppe hoch und betreten den Flur. Ich krame in meiner Tasche und hole meinen Stundenplan heraus. „Ich habe jetzt Geschichte und du?" Haley schaut angewidert auf ihren Plan. „ Igitt. Ich habe jetzt Mathe. Sehen wir uns in der Mensa?", fragt sie. Ich nicke und Haley macht sich auf den Weg. Als ich mich umdrehe, laufe ich mitten in jemanden hinein und falle rückwärts um. Oh man, wie peinlich. „Oh entschuldige, hast du dir weh getan?" In dem Moment, als die Person anfängt zu reden, bekomme ich eine Gänsehaut. Seine Stimme ist kalt. Ich schaue auf und blicke in eisblaue Augen. Ich schwöre bei Gott, solche Augen habe ich noch nie zuvor gesehen. Das Gesicht des Fremden ist sehr markant. Er hat volle Lippen und lange braune Haare. Der Typ starrt mich weiterhin an und ich bemerke, dass ich zurück starre. Schnell schaue ich weg. „Warte, ich helfe dir hoch", sagt der Fremde und hält mir seine Hand hin. Ich ergreife sie und er zieht mich so schnell nach oben, als wäre ich ein Taschentuch. „Ich bin Damien", sagt der Fremde. „Hallo", stammle ich. „Ich bin Zoey. Tut mir leid, dass ich dich umgerannt habe, war keine Absicht." Und zu allem Überfluss fange ich auch noch an zu kichern. Oh man, blöder geht's nicht. „Kein Problem", sagt Damien und schaut mich fragend an. Ich habe das Gefühl, als wolle er mich etwas fragen, doch er sagt nichts. „Ich gehe dann mal in meinen Kurs", sage ich. Habe ich jetzt Lust auf Geschichte. „Warte, ich komme mit dir", sagt Damien und läuft neben mir her. „Weißt du denn, wo ich hingehe?", frage ich ihn. „Wird schon stimmen", sagt er und wir gehen gemeinsam in den Geschichtskurs.

Die kompletten zwei Stunden spürte ich Damiens Blick in meinem Rücken. Während der Stunde bekomme ich 13 Whats App Nachrichten von Haley und alle sind ähnlich: OMG, hab gehört, du hast mit dem neuen heißen Boy geredet. Und??? Als es zur Pause klingelt, habe ich nichts vom Unterricht mitbekommen. Ich konnte mich einfach nicht konzentrieren, da ich die ganze Zeit Damiens Blicke spürte. Das ist doch verrückt, sage ich zu mir selbst. Er ist einfach nur ein neuer Mitschüler mit schönen blauen Augen, der mich ab und zu ansieht. Vielleicht bilde ich mir das ganze auch einfach nur ein. Ich stehe auf, nehme meine Tasche und verlasse den Klassenraum. Als ich um die Ecke gehe, kommt mir Kyle mit Sarah entgegen. Ich schwöre, wenn Blicke töten könnten, hätte Sarah mich soeben umgebracht. Kyle sieht mir nicht in die Augen, sondern blickt wütend an mir vorbei. Ich schaue hinter mich und sehe Damien. „Wäre es okay, wenn ich dich in die Mensa begleite?" Wieso nicht, denke ich mir. Er kennt schließlich noch niemanden. Kyle läuft, mit Sarah im Arm, an uns vorbei und funkelt Damien wütend an. „Dann komm", sagt Damien und wir machen uns auf den Weg in die Mensa.

Haley sitzt schon an unsrem Tisch und als sie Damien sieht, klappt ihr Kinn kurz runter. Haley ist wie ein kleines Kind. Wenn es ein neues Spielzeug gibt, muss sie es haben und mit ihm spielen. Doch dafür liebe ich sie, für ihre unbeschwerte und offene Art gegenüber der Welt. Nach dem Tod meiner Mom habe ich mich nur in meinem Zimmer verkrochen. Haley kam vierundfünfzig Tage in Folge bei mir vorbei und ging mit mir im Wald spazieren. Sie erzählte mir von allem und jedem und versuchte, mich abzulenken. Sie war einfach für mich da und das war alles, was ich zu der Zeit wollte. Ich hatte viel Zeit benötigt, um aufzuhören, darüber nachzudenken, was mit Mom passiert sein könnte. Ich werde es vermutlich nie erfahren.

Wir setzen und zu Haley an den Tisch. „Hey du. Ich bin Haley, Zoyes beste Freundin und die Coolste an der Schule." Damien streckt Haley die Hand entgegen. „Hallo Haley. Sehr erfreut, dich kennenzulernen." Jetzt, wo Damien vor mir steht, schaue ich ihn mir genauer an. Er trägt eine schwarze Jeans, ein schwarzes Shirt und eine schwarze Lederjacke. Mit den braunen Haaren und den blauen Augen sieht er wirklich verdammt gut aus, dass muss ich zugeben. Haley kneift mich in die Seite und ich merke, dass ich Damien schon wieder anstarre. Oh man, wie peinlich. Ich stehe auf, um mir etwas zum Essen zu holen. „Ich komme mit dir", sagt Damien. „Wohin?" Ich schaue ihn fragend an. „Etwas zum Essen holen? Das wolltest du doch gerade tun, oder?" „Stimmt", sage ich. Was frage ich so blöd. Er kann sich wohl denken, was ich machen will.

Damien

Es ist wirklich unglaublich. Sie sieht genauso aus wie Elisabeth. Jedes Haar sitzt gleich. Nur ihre Augen sind anders, irgendwie heller. Ich dachte, sie wäre wie Elisabeth. Genauso stark und stolz. Dabei habe ich das Gefühl, sie zerbricht jeden Moment, so schwach wirkt sie auf mich. Ich muss Elisabeth sagen, dass sie sich etwas anderes überlegen muss. Niemand kann seine Gedanken so gut verstellen. Sie kann mir und meiner Welt nichts Böses wollen, sie scheint ja nicht mal zu wissen, wer ich bin, geschweige denn, wo ich her komme. „Damien, was hältst du davon, wenn wir dir heute Mittag unser schönes Woodhome zeigen?", fragt Haley. Zoyes Gedanken beginnen sich sofort zu drehen: „Oh man, wie soll ich in seiner Anwesenheit normal sein. Das gibt es doch einfach nicht. Keep cool Zoye". Sie scheint wirklich nervös zu sein wegen mir. Oder tut sie nur so? Irgendwie ist das ganz schön verwirrend. Ich muss Zoye besser kennenlernen, um mir ein besseres Urteil erlauben zu können. „Ja gerne. Ich komme mit euch. Vorher muss ich allerdings nochmals kurz nach Hause. „Wo wohnst du eigentlich?", fragt Haley mich. Wenigstens eine Frage, bei der ich nicht lügen muss. Zumindest nicht komplett. „Ich lebe im alten Woodhome Anwesen im Wald. Meine Familie hat es vor einigen Jahren gekauft." „Du wohnst dort ganz alleine?" Zoey schaut mich mit ihren großen braunen Augen erschrocken an. Wieder kann ich nicht glauben, wie ein und derselbe Mensch scheinbar so unterschiedlich sein kann. Wie kann Elisabeth glauben, dass Zoye ihr die Krone stehlen will? Ich habe wirklich das Gefühl, dass sie nichts von mir und meiner Welt weiß. Ich schaue Zoye an: „Ja, ich wohne dort alleine. Ich bin aber auch nur für eine gewisse Zeit hier. Danach werde ich wieder zurück nach Hause gehen. Aber jetzt muss ich wirklich los. Wir sehen uns dann später". Ich stehe auf und wende mich zur Tür. „Warte, gib mir mal deine Nummer, dann kann ich dir schreiben, wo wir sind." Haley schaut mich erwartungsvoll an. „Ich werde euch schon finden", sage ich und werfe Zoye noch einen letzten Blick zu, bevor ich die Mensa verlasse.

Das Woodhome Anwesen liegt tief verborgen im Wald und es verirren sich nur selten Bürger dorthin. Ich habe dort meine Ruhe, die ich auch dringend benötige. Dort spüre ich die Natur, die mir Kraft gibt. Als ich zu Hause ankomme, laufe ich sofort in das Verließ. Welche Ironie, dass es Milan als solches nutzt. Ich muss unbedingt mit Elisabeth sprechen. Ich laufe durch die unterirdischen Tunnel, bis ich an der Grotte ankomme. Ich bin sie so oft entlang gelaufen, ich könnte es vermutlich auch im Schlaf. Dort angekommen, pfeife ich die Melodie von

Milan und das Wasser beginnt sich zu bewegen. Elisabeth erscheint im Wasser. „Hallo Damien. Endlich. Hast du deinen Auftrag erfüllt?" Ich kann ihr nicht die Wahrheit sagen. Ich sollte es tun, aber ich kann es einfach nicht. Noch nicht. „Tut mir leid meine Königin, leider noch nicht. Zoye macht den Anschein, als hätte sie Geheimnisse. Ich bin mir nicht sicher, ob nicht noch andere ihrer Verbündeten über uns Bescheid wissen." Elisabeth scheint nachzudenken. „Ich gebe dir eine Woche. Bis dahin möchte ich genaueste Informationen haben. Denk immer daran Damien, du hast dein Land zu beschützen. Und auch mich!" Sie verschwindet im Wasser, genauso schnell wie sie erschienen ist. Ich bleibe noch eine Weile in der Grotte sitzen und sauge die Kraft und die Ruhe des Wassers auf. Alle Bewohner von Milan lieben die Elemente. Sie schenken uns innere Ruhe und Stärke, sodass wir uns ganz auf unsere Magie konzentrieren können. Ich habe die Gabe, in die Köpfe und Herzen der anderen hineinzuschauen. Ich sehe, was sie denken und fühlen, jedoch nur, wenn ich genügend Kraft in mir trage. Als ich auf die Uhr schaue, sehe ich, dass es schon drei ist. Ich verlasse das Verließ und mache mich auf den Weg in die Stadt. Vielleicht kann ich mir so ein besseres Bild über Zoye machen und endlich verstehen, was für ein Spiel sie spielt.

Zoye

„Ich bin so aufgeregt. Man Zoye, der Typ ist echt der Hammer. Aber leider scheint er nur Augen für dich zu haben." Haley stöhnt enttäuscht auf und ich verdrehe die Augen, auch wenn ich laut los lachen muss. „Schau dir mal das Kleid an, das musst du anprobieren." Bevor ich etwas sagen kann, hat Haley mich schon gepackt und in den Laden gezogen. Ich schaue die Verkäuferin an. „Kann ich ihnen helfen?", fragt sie mich. Ich nicke. „Ich hätte gerne das rote Kleid aus dem Schaufenster in ... 38?". Die Verkäuferin schaut mich prüfend an und Haley beginnt hinter mir gekünstelt zu husten. „Selbstverständlich Liebes. Gehen sie schon mal in die Kabine und ich hole es ihnen dann." Das Kleid anzuziehen, ist echt eine Kunst. Nachdem ich es nach einer gefühlten Stunde und tausend Mal „Bist du bald fertig" Fragen von Haley geschafft habe, schaue ich mich im Spiegel an. Ich muss gestehen, dass Kleid sieht nicht schlecht aus. „Zoye, ich schlaf hier draußen gleich ein. Komm raus." Ich nehme all meinen Mut zusammen und gehe mit geschlossenen Augen aus der Kabine. Ich warte auf Haleys Stimme, doch sie sagt nichts. „Wow. Du siehst wunderschön aus Zoye." Ich reise die Augen auf und sehe Damien hinter Haley stehen, die mich grinsend ansieht. Am liebsten würde ich im Erdboden versinken. Ich spüre, wie meine

Wangen anfangen zu glühen und schaue Haley Hilfe suchend an. Haley springt auf und stellt sich neben Damien. „Komm, mein Lieber. Wir zwei setzen uns schon mal gegenüber ins Café und Zoye kommt dann nach, nachdem sie sich umgezogen hat." „Unter einer Bedingung", sagt Damien. Er schaut an mir herab. „Du musst das Kleid kaufen!" Ich schaue Damien überrascht an. „Okay", sage ich schnell, drehe mich um und gehe zurück in die Kabine. Dort angekommen, muss ich mich erst einmal hin setzen. Was war das denn bitte? Woher wusste er überhaupt, wo wir sind? Ich ziehe mir meine Jeans und mein Top an und gehe an die Kasse. Die Verkäuferin schaut mich freundlich an: „Eine ausgezeichnete Wahl. Und damit meine ich nicht nur ihren Kleidergeschmack". Sie zwinkert mir zu. Ich sage gar nichts dazu und bezahle schnell mein Kleid. Draußen auf der Straße sehe ich Damien und Haley im Café gegenüber sitzen und gerade über irgendetwas lachen. Damien schaut mich über die Straße an. Wie soll ich mich bitte jetzt mit ihm unterhalten? Ich winke ihm kurz zu und mache mich auf den Weg zu meinem Auto.

Zu Hause angekommen, schaffe ich es einfach nicht, meinen Kopf frei zu bekommen. An der Pinnwand hing ein Post-It von Mary: Schlafe heute bei Max. Denk dran, was zu essen ;) Bis morgen. Hab dich lieb. Mary. Ich stelle mir Ravioli auf den Herd, doch ich schaffe es einfach nicht, etwas zu essen. Ich setze mich ins Wohnzimmer und schaue auf die Uhr. 17:00 Uhr. Zwei Stunden ist es noch hell, also falls ich noch spazieren gehen möchte, sollte ich es jetzt wohl tun. Ich schnappe mir meine Jacke, stecke mein Handy in die Tasche und mache mich auf den Weg in den Wald. Es gibt für mich nichts Schöneres, als im Wald spazieren zu gehen. Ich liebe die Ruhe und die Kraft, die von der Natur ausgeht, den Wind, der durch meine Haare weht, und das Rauschen des Baches, neben dem ich so gerne laufe.

Mein Handy vibriert. Oh Mist, neun verpasste Whats App Nachrichten, vermutlich alle von Haley. Sie schreibt eigentlich immer dasselbe: Wo bist du? Bist du ernsthaft weggefahren? Süße, was ist los? Ist es wegen dem Kleid? Lebst du noch? Ich komme jetzt! Oh man. Ich will gerade umkehren, da höre ich ein Geräusch. Ich schaue hinter mich, doch da ist niemand. Die Sache mit Damien macht mich noch ganz verrückt, denke ich mir. Ich drehe mich um und sehe vor mir eine eisblaue Rose. Bin ich jetzt verrückt? Wir haben Winter. Ich bücke mich nach vorne, um sie anzufassen. Sie ist echt. War die vorhin auch schon da? Okay, jetzt reicht es Zoye. Natürlich war die schon da, die hast du ja wohl nicht gerade dahin gezaubert. Plötzlich wird es dunkler um mich herum. Ich schaue nach oben und der Himmel zieht sich zu. Schwarze Wolken ziehen auf und auch der Wind beginnt stärker zu wehen. Meine Haare fliegen mir durchs Gesicht und die Blätter rascheln in meinen Ohren. Ich höre Schritte hinter mir, doch ich schaffe es nicht, mich umzudrehen. Zoye beweg dich! Doch mein Körper ist wie eingefroren. Langsam wird alles um mich herum schwarz und der Wind wirft mich um.

„I come home, in the middle of the Night my father say what you gonna do with your life." Ich öffne die Augen und schaue in den blauen Himmel. Cindy Lauper singt mir ins Ohr. Ich setze mich auf und greife nach meinem Handy. „Hallo?" „Hey Zoye, wo bist du? Ich warte seit über einer Stunde auf dich." „Haley?", frage ich, als ich ihre Stimme höre. „Ne, Obama hier", sagt Haley und lacht. „Natürlich bin ich es. Ich hab dir doch geschrieben, dass ich komme. Naja okay, ich hab dir insgesamt neunmal geschrieben, aber schwamm drüber. Ich kenn dich ja. Wo bist du? Soll ich dich abholen?" „Nein quatsch. Ich muss wohl auf der Wiese eingeschlafen sein. Bin in fünf Minuten daheim. Bis gleich." Bevor Haley noch etwas erwidern kann, lege ich schon auf. Was ist eben passiert? Ich schaue vor mich. Da war eine blaue Rose. Wo ist sie hin? Und ein Gewitter. Vermutlich hat das Gewitter die Rose mitgerissen, dass ist die einzig vernünftige Erklärung. Ohne weiter drüber nachzudenken, mache ich mich auf den Heimweg.

Damien

Ich bin gerade am Holzhacken, als ich merke, wie der Himmel sich verändert. Über einer Lichtung im Wald, circa fünf Minuten von meinem Anwesen entfernt, verdüstert er sich. Ich spüre die Kraft von Elisabeth in der Luft. Mein einziger Gedanke in diesem Moment gilt Zoye. Ich bin verhext worden, dass muss es sein. Meine Loyalität, mein größter Wunsch, all das sollte Elisabeth gehören. Doch in diesem einen Moment muss ich wissen, dass es Zoye gut geht. Ich lasse die Axt fallen und renne los. Ich fliege förmlich durch den Wald vorbei an den Bäumen und Büschen. Als ich auf der Lichtung ankomme, sehe ich, wie Zoye zu Boden fällt. Ich kann nicht anders, ich muss zu ihr. Doch der Wind drückt sich gegen mich. Er schiebt mich immer weiter zurück. Ich nehme alle meine Kraft zusammen und schreie: „Elisabeth. Hör auf damit! Wir brauchen sie noch. Ohne sie bist auch du in Gefahr." Der Wind wird weniger und auch der Himmel beginnt wieder heller zu werden. Ich atme auf. So gerne ich es auch würde, ich kann nicht zu Zoye. Ich würde sie nur noch mehr in Gefahr bringen, als ich es sowieso schon tue. Auch wenn sie, vielleicht, eine Gefahr für Elisabeth darstellt, kann ich nicht zulassen, dass ihr etwas passiert. Ich trete einige Schritte näher und spüre, wie der Wind wieder zunimmt. Da sehe ich etwas vor Zoeys

Körper liegen. Eine blaue Rose. Wie kommt die dort hin, bei dieser Jahreszeit? Elisabeth kann es nicht gewesen sein, dazu ist sie nicht in der Lage. Sie kann das Wetter beeinflussen, daher dieses Ereignis gerade. Doch woher stammt die Rose. Ich schaue mich um und höre genau hin, doch weit und breit ist niemand. Ich würde es spüren. Zoyes Handy beginnt zu klingeln und ein schreckliches Geräusch ertönt. Ich reiße schnell die Rose aus der Erde und gehe ein paar Schritte rückwärts hinter einen Baum. Zoye setzt sich auf und geht ans Handy. „Hallo", hör ich sie sagen. Sie sei in fünf Minuten zu Hause und macht sich auf den Weg. Doch bevor sie geht, schaut sie noch einmal nach unten und bleibt ein paar Sekunden stehen. Sie starrt genau dorthin, wo die Rose war. Ob sie sich erinnern kann. Es ist eigentlich unmöglich. Elisabeth löscht alle Erinnerung an sich und ihre Taten, wenn sie dies möchte. Und in diesem Fall hat sie dies auf jeden Fall gewollt. Ich schaue Zoye hinterher und als ich sicher bin, dass sie heil nach Hause kommt, mache auch ich mich auf den Heimweg. Ich weiß, dass Elisabeth mich schon erwarten wird.

Als ich an der Grotte ankomme, pfeife ich die Melodie von Milan und schon beginnt das Wasser, sich zu bewegen. „Was sollte das? Wieso beschützt du sie. Hast du vergessen, wieso du auf die Erde gekommen bist?" Elisabeth schreit mich aus dem Wasser heraus an. „Nein, meine Königin. Aber wir brauchen Zoye noch". „Ach Zoye? So heißt sie also." Ihr Gesicht verzieht sich zu einer Grimasse aus Zorn. „Ja, das ist ihr Name. Ich möchte euch doch nur beschützen!" Elisabeth scheint sich langsam zu beruhigen. „Du hast noch sechs Tage. Danach möchte ich dieses Problem und alle anderen beseitigt haben. Und ich möchte dich wieder bei mir wissen, Damien. Die Proteste werden immer schlimmer. Es gibt immer mehr Aufsässige, die eine neue Königin fordern. Ich brauche dich hier an vorderster Front." Elisabeth hat Recht. Milan darf nicht fallen. Das Königreich braucht mich. „Möchtest du, dass ich nach Hause komme?" „Nein!", schreit sie erneut. „Du musst sie beseitigen, Damien. Das Königreich darf nie von ihr erfahren. Sie ist ein böser Mensch!" Ich weiß nicht, was ich glauben soll. Wie kann ein Mensch wie Zoye sich so verstellen? Ist das möglich? „Ich weiß, meine Königin. Ihr könnt euch auf mich verlassen." „Ich weiß, Damien. Und nun finde heraus, mit wem diese Zoye sich verbündet hat." Elisabeth verschwindet im Wasser, genauso schnell, wie sie auch gekommen war. Ich gehe nach oben in mein Haus und lege mich in mein Bett. Doch auch nach zwei Stunden bin ich noch nicht eingeschlafen. Ich öffne das Fenster und nachdem ich das Rascheln der Blätter höre, durch die der Wind weht, kann ich endlich einschlafen.

Zoey

Als ich aufwache, habe ich schon keine Lust auf diesen Tag. Ich habe die ersten beiden Stunden Sport und zu sagen, ich wäre ein Bewegungslegasteniker ist noch leicht untertrieben. Was bringt es mir denn bitte, über einen Bock springen zu können oder auf einem Balken einen Handstand zu machen? Gar nichts. Aber es nutzt ja alles nichts. Ich steige aus dem Bett und gehe ins Bad. Mary schläft noch, weshalb ich versuche, nicht zu laut zu sein. Ich habe die Angewohnheit, abends zu duschen, sodass ich morgens länger schlafen kann und muss mir somit nie die Haare föhnen. Ich binde sie zu einem Dutt und lege ein bisschen Wimperntusche auf. Nachdem ich mich angezogen und mir die Zähne geputzt habe, betrachte ich mich im Spiegel. Ich muss mir diese Spannung zwischen mir und Damien eindeutig einbilden. Was soll er nur an mir finden? Ich schnappe mir meine Tasche aus meinem Zimmer und gehe die Treppe runter in die Küche. Ein Glück haben wir uns von meinem Sparbuch einen Kaffeevollautomaten gekauft, sonst würde ich jeden morgen zu spät kommen! Ich nehme mir eine Schüssel Müsli und ein Buch zur Hand. Haley hat mich sozusagen gezwungen, es zu lesen, weil es, wie sie sagt, der Hammer sei. PS: Ich liebe dich, heißt es, und ich habe noch nie so viel wegen eines Buches geweint. Mein Handy vibriert:

Whats App von Haley: Wo bleibst du? Stehe schon auf dem Parkplatz. Oder willst du bei Mr. Scott zu spät kommen? Knutschi und beeil dich! Haley hat Recht, wir haben schon viertel vor acht. Ich stelle schnell meine Müslischüssel und die Tasse in die Spülmaschine und mache mich auf den Weg zu meinem Wagen. In der Schule angekommen, wartet Haley natürlich schon auf mich. „Man Zoye, ich habe dir schon tausend Mal gesagt, dass du einfach ein bisschen früher aufstehen sollst!" Sie verdreht die Augen und hakt sich bei mir unter. Gemeinsam gehen wir zur Turnhalle.

Als wir diese betreten, kann ich kaum glauben, was ich sehe. Kyle sitzt auf der Tribüne und Sarah sitzt in ihrem Cheerleader Outfit auf seinem Schoß. Ich muss gestehen, es ist komisch, die beiden zu sehen. Wir waren vier Jahre zusammen und jetzt keinen Kontakt mehr zu haben, macht mich wirklich traurig. Ich will einfach nur, dass er glücklich ist, aber ob Sarah da wirklich die Richtige ist? Kyle sieht mich kurz an, doch schaut direkt wieder weg. Sarah schenkt mir ein falsches Lächeln. Sie ist schon seit der siebten Klasse hinter Kyle her. War eigentlich klar, dass sie sich an ihn ran werfen würde.

„Herzlich willkommen meine Damen. Heute habe ich mir etwas ganz Besonderes für euch überlegt. Wir trainieren heute ihre Sprungkraft." Herr Scott schaut uns erwartungsvoll an. „Ein bisschen mehr Begeisterung, meine Damen." Er schüttelt den Kopf und beginnt, alles aufzubauen. Auf der anderen Seite der Halle trainiert unser Basketball-Team, von dem Kyle der Captain ist. Eigentlich passt er ja ganz gut mit Sarah zusammen, wie in so einem typischen Teenager-Film. Plötzlich kneift mich Haley in die Seite. „Aua, sag mal, spinnst du?" Ich schaue Haley böse an, doch sie grinst nur und zeigt mit den Augen auf die Tribüne. Als ich ihrem Blick folge, schaue ich direkt in Damiens eisblaue Augen. Und wie bei unserer ersten Begegnung bekomme ich eine Gänsehaut. Das gibt es doch nicht. Er beginnt zu grinsen und ich weiß mal wieder nicht, wie ich mich verhalten soll. „Meine Damen, es kann los gehen. Zoye fangen wir doch mal mit ihnen an. Ich möchte gerne, dass sie über den Bock springen." Ich drehe mich noch ein letztes Mal um und Damien sitzt immer noch dort und sieht mich an. Stöhnend mache ich mich auf den Weg zum Bock. Ich stelle mich in Position und nehme Anlauf, doch ich kann mich einfach nicht konzentrieren, da ich die ganze Zeit Damiens Blicke im Nacken spüre. Als ich abspringe, merke ich schon, dass meine Beine zu dicht beieinander sind. Sie bleiben am Bock hängen und ich sehe mein Gesicht schon auf der Matte kleben. Doch ich lande nicht auf der Matte, sondern in zwei ziemlich muskulösen Armen. Ich hebe den Kopf und schaue direkt in Damiens

Gesicht. Uns trennen vielleicht zehn Zentimeter. Ich warte darauf, dass er mich runter lässt, doch das tut er nicht. Er schaut mir weiter in die Augen. Mein verrücktes, von Gefühlen gesteuertes Ich schreit: Küss ihn! Doch bevor ich irgendetwas sagen kann, fliegt mir Damiens Kopf entgegen und ein Ball direkt hinterher. „Entschuldige, Kumpel. War keine Absicht." Kyle kommt grinsend auf uns zugelaufen, hebt den Ball auf und dreht sich wieder um. Damien lässt mich los. „Entschuldige Zoye, ich muss noch etwas erledigen. Wir sehen uns in Geschichte." Mit schnellen Schritten verlässt er die Sporthalle. „Was war das denn", höre in Haley neben mir fragen. „Zoye, das war ja wohl nichts. Seien sie froh, dass, wie auch immer er heißt, so schnell zur Stelle war. Einen Versuch gebe ich ihnen noch." Mr. Scott schaut mich fröhlich grinsend an. „Tut mir leid Mr. Scott, mir geht es nicht gut." Ich flüstere Haley zu: „Ich schreib dir" und verlasse dann mit schnellen Schritten die Halle.

Ich brauche unbedingt frische Luft. Als ich aus der Halle trete, sehe ich, dass es angefangen hat zu schneien. Sehr gut, ich brauche unbedingt einen kühlen Kopf. Was war das eben bitte? Wie konnte er so schnell bei mir sein? Wollte er mich küssen? So viele Fragen und keine Antworten. Ich glaube, ich muss schnellstens nach Hause. Ich habe die nächste Stunde sowieso frei und ein kleiner

Spaziergang kann nicht schaden. Also setze ich mich in mein Auto und fahre nach Hause. Sobald ich auf dem Waldweg laufe, spüre ich, wie ich wieder atmen kann. Meine Gedanken werden wieder klarer. Was ist da vorhin passiert? Damien saß auf der Tribüne, ich habe ihn genau gesehen. Wie kann er so schnell zu mir gelangt sein. Und wieso hielt er mich so lange fest? Das kann ich mir doch nicht eingebildet haben? Ich beginne, schneller zu laufen. Immer schneller. Ich renne durch die Bäume und komme immer weiter ab vom Weg, doch das ist mir egal. Ich muss den Wind in meinen Haaren spüren. Umso mehr ich renne, umso leichter fühle ich mich. Als würde alle Last von meinen Schultern abfallen. Ich denke nicht mehr an meine Mom, Kyle oder Damien. Ich spüre nur noch den Wind und die Bäume um mich herum. Ich weiß nicht mehr, wie lange ich gerannt bin, doch irgendwann stehe ich vor einem riesig großen Haus. Es ist viel mehr eine Villa und ich erinnere mich an sie. Ich war schon mal hier. Meine Mom kam mit mir hier her, als ich noch sehr klein war. Sie meinte, es wäre verlassen, doch als wir das Haus betraten, lebte dort jemand. Mom packte mich und rannte den ganzen Weg mit mir wieder zurück. Ich habe bis heute noch nicht verstanden, wieso sie damals dieses Haus so schnell verlassen hat.

Das hier muss das alte Woodhome Anwesen sein, von dem Damien erzählt hat. Es bestehst aus dunkelgrauen, fast schwarzen Steinen und schwarzen Fensterläden. Irgendwie schon gruselig. Aber da kann er ja nichts für. Ich weiß nicht, wo ich den Mut her nehme, aber ich beschließe, ihm Hallo zu sagen. Vielleicht hat er mich durch das Fenster ja schon gesehen und es wäre ja oberpeinlich, sich jetzt umzudrehen und einfach zu gehen. Ich steige die alte Treppe des Hauses hoch und klopfe an. Da niemand die Tür öffnet, klopfe ich noch einmal. Das gibt es doch nicht! Jetzt fasse ich meinen ganzen Mut zusammen und dann so was. Doch wo soll Damien sein? Ich möchte unbedingt über vorhin mit ihm reden. Auch wenn es sich wirklich nicht gehört und ich vermutlich wie ein kranker Stalker wirke, gehe ich um das Haus herum und schaue durch die Fenster. Doch Damien ist nicht da. Genau genommen ist nichts da. Keine Möbel, keine Lampen, keine Bilder. Einfach nichts. Ich schaue durch alle Fenster, die ich dank meiner Hobbitgröße erreichen kann, doch die Räume sind leer. Damien wohnt zwar erst seit Kurzem hier, aber er muss doch kochen, schlafen und duschen und so was. Merkwürdig. Wo steckt er bloß, er meinte doch, er müsse so dringend nach Hause. Ich schaue mich um, aber es ist niemand zu sehen. Langsam spüre ich, dass mir kalt wird. Also gehe ich wohl besser nach Hause, es ist sowieso schon spät.

Damien

Was ist eben passiert. Ich laufe durch die Tunnel des Verlieses, aber ich kann mich einfach nicht beruhigen. Wieso bin ich aufgesprungen. Ich hatte Zoye fallen lassen sollen. Ich hätte es gemusst. Doch ich tat es nicht. Ich musste natürlich den Ritter spielen und sie retten. Die einzige, für die ich den Ritter spielen sollte, ist Elisabeth. Und das ist wirklich so, ich bin schließlich nicht ohne Grund ihr erster Soldat. Zoye ist der Feind. Doch ich kriege es einfach nicht in meinen Kopf. Sobald ich Zoye sehe, vergesse ich meine Aufgabe und alles dreht sich nur noch um sie. Es ist so leicht, in sie rein zu hören, zu spüren, was sie fühlt. Ich bin hier her gekommen mit dem Wissen, dass sie mir und meiner Welt schaden will. Ich habe nicht mal darüber nachgedacht, dass es anders sein könnte. Warum auch? Elisabeth befielt und ich gehorche. So ist es in Milan. Doch ich sah Zoye in die Augen und wusste, dass ich ihr nichts tun kann. Doch wie soll ich Elisabeth das erklären. Sie hat solche Angst vor Zoye, sie wird sie nicht gehen lassen. Und wenn ich meinen Auftrag nicht ausführe, mich weigere, wird es ein anderer tun. Zoye wird sich nicht selbst beschützen können. Sie weiß vermutlich nicht mal, wie man ein Schwert hält, geschweige denn, wie man damit kämpft. Ich muss Elisabeth noch ein bisschen hin halten, bevor ich mir eine Lösung überlegt habe. Aber eines ist mir mittlerweile klar. Ich kann und werde Zoye nichts tun.

Ich war so in meine Gedanken vertieft, dass ich gar nicht gemerkt habe, dass ich Richtung Ausgang des Verlieses gelaufen bin. Ich steige die Treppe hoch, doch auf der Hälfte bleibe ich stehen. Ich spüre etwas. Ich spüre sie. Zoye fragt sich, wieso ich keine Möbel besitze und sie möchte unbedingt mit mir reden. Ich kann nicht anders, ihr Wunsch bringt mich zum Grinsen. Sie ist hier, um mit mir zu reden, doch was soll ich ihr sagen. Ich wohne eigentlich gar nicht hier, da ich aus einer anderen Welt komme und ich bin nur hier, um dich zu töten, da du genauso aussiehst wie meine Königin, die denkt, dass du ihr die Krone stehlen willst. Ich weiß ja nicht, ob das Zoye gut aufgreifen würde. Ich werde mit ihr reden müssen, aber wie soll ich ihr das erklären. Wo soll ich anfangen. Zoyes Energie wird immer schwächer und plötzlich kann ich sie gar nicht mehr spüren. Ich gehe die Treppe ganz hoch und sehe, dass sie gegangen ist. Es muss ganz dringend eine Lösung her. Aber eines ist klar. Ich werde Zoye beschützen, egal was kommen mag.

Wie jeden morgen bin ich um Punkt fünf Uhr wach. In Milan beginnt um diese Zeit mein Wachdienst und mein Körper hat sich daran gewöhnt, um diese Zeit aufzustehen. Ich gehe ins Bad, um zu duschen. Zwei Zimmer im oberen Stockwerk werden von mir benutzt. Zum einen das Badezimmer und mein Schlafzimmer. Mehr Zimmer besitzen wir Bürger in Milan auch nicht. Wozu auch? Wir arbeiten den ganzen Tag oder die ganze Nacht und ansonsten schlafen wir. Bei uns gibt es keine Freizeit, in der wir fernsehen oder mit unseren Handys spielen. Elisabeth hat alle kommunikative Energie verboten. Sie möchte nicht, dass sich Leute hinter ihrem Rücken unterhalten können. Wenn Leute einen Fernseher besitzen, können sie ihn nur einschalten, wenn sie dies erlaubt. Sie steuert die Stromversorgung der Bürger. Wenn sie es möchte, sitzt ganz Milan im Dunkeln. Da sie das Wetter beeinflusst, ist es in Milan immer kalt. Elisabeth liebt das Eis und den Schnee. Die Kälte wärmt ihr Herz, sagt sie.

Nachdem ich kalt geduscht habe, mache ich mich auf den Weg zur Schule. Wie immer gehe ich zu Fuß. Zum einen bin ich auf diese Weise schneller, zum anderen gibt es in Milan keine Autos. Ich stelle es mir zwar nicht sehr schwer vor, aber da ich bald wieder weg sein werde, muss ich es auch nicht lernen. An der Schule angekommen, gehe ich die großen Eingangstreppen hoch. Sobald ich die Schule betrete, spüre ich die Gefühle der anderen. Die meisten sind müde, verärgert oder lustlos. Doch dann spüre ich plötzlich etwas anderes. Bevor sie um die Ecke kommt, weiß ich, dass es Zoye sein muss. Ich habe noch nie einen so … warmen Menschen gespürt. Das ist das Wort, dass sie am besten beschreibt. Sobald sie in meiner Nähe ist, wird es warm um mich herum. Doch sie ist nicht alleine. Wie immer ist Haley an ihrer Seite. Aber wer ist die dritte Person. Ich komme einfach nicht an sie heran, als hätte sie eine Schutzwand errichtet. Doch ich kenne nur zwei Menschen, die so was können. Elisabeth und … Nick! Zoye kommt mit Haley um die Ecke, die sich bei Nick eingehakt hat. Nick ist der zweite Soldat von Elisabeth und er würde vermutlich alles für sie tun. Ich schaue ihn an. „Was machst du hier?", schnauze ich. „Hallo Damien. Schön dich zu sehen." Er grinst mich an. Haley stöhnt auf: „War ja klar, dass ihr zwei Hotties euch kennen müsst. Lass mich raten, du findest Claire zum Anbeißen?". Am liebsten hätte ich Haley den Mund zugehalten. Wenn sie wüsste, was sie hier gerade anrichtet. Zoye steht mir gegenüber und ihre Wangen sind feuerrot. „Ach. Du findest Zoye also zum Anbeißen. Interessant. Nein Haley, meine Gedanken gegenüber Zoye sind anderer Natur." Ich muss das hier irgendwie beenden. „Zoye, ich würde gerne kurz mit dir reden. Kommst du bitte mal mit mir nach draußen?" Ich schaue sie erwartungsvoll an. „Das geht leider nicht, Damien. Die beiden wollten mir gerade die Turnhalle zeigen und dort habe ich eine ganz besondere Überraschung für sie." Er grinst teuflisch. So ist Nick. Elisabeth befielt und er führt aus. Obwohl, was rede ich da. Bis vor zwei Tagen war ich auch noch so. „Weißt du was Nick. Dann zeigen wir dir später die Turnhalle und du kommst jetzt mit mir in die Mensa. Ich brauche unbedingt einen Latte Macchiato. Und Damien kann mit Zoye sprechen." Bevor Nick etwas erwidern kann, hat Haley ihn schon weiter gezogen. Eines muss man Haley lassen, sie kann sogar einen Krieger zum Schweigen bringen. Und um Haley mache ich mir keine Sorgen. Nick wird ihr nichts tun. Er will Zoye. Diese schaut zu Boden und ich kann spüren, wie nervös sie ist. Ich lege meine Hand an ihr Kinn und hebe es hoch. Sie schaut mir in die Augen. „Ich muss dringend mit dir reden. Würdest du Geschichte ausfallen lassen und mit mir kommen. Es ist wichtig. Überlebenswichtig!" „Überlebenswichtig? Dann kann ich wohl nicht nein sagen", sagt Zoye und wir verlassen gemeinsam die Schule.

Zoye

Da Damien zu Fuß hier ist, was ich sehr merkwürdig finde, fahren wir mit meinem Auto. Er sagt mir, wo ich lang fahren muss und wir kommen immer tiefer in den Wald hinein. Ein Glück habe ich einen SUV, ansonsten wären wir gewiss schon irgendwo stecken geblieben. Wir schweigen. Keiner sagt etwas und ich habe das Gefühl, Damien ist sehr angespannt. Er schaut aus dem Fenster und scheint über etwas nachzudenken. Als wir am Haus ankommen, springt Damien sofort aus dem Wagen und öffnet mir die Tür. „Komm", sagt er und hält mir die Hand hin. Hand in Hand, was meine Gefühle Purzelbäume schlagen lässt, gehen wir zu seinem Haus. Die Tür ist nicht abgeschlossen, sodass er sie einfach öffnet. Hätte ich das gestern mal gewusst. Wie ich erwartet habe, ist das Haus leer. Es gibt keine Möbel, keine Bilder an den Wänden nichts. „Ich wohn eigentlich nicht hier", sagt Damien und beantwortet mir somit meine Frage. Ich schaue ihn fragend an. „War meine Frage so offensichtlich?" Er sieht hin und her gerissen aus. „Für mich schon. Ich habe sie gehört." „Wie meinst du das? Habe ich etwas laut gedacht." Oh Gott, werde ich jetzt verrückt? „Nein, keine Angst, du bist nicht verrückt. Ich meine das Ernst. Ich kann hören, was du denkst, und spüren, was du fühlst. Jetzt gerade fragst du dich, ob ich verrückt bin und wie du am schnellsten hier raus kommst. Obwohl du dich nicht ängstigst, das würde ich spüren." Verdammt, träume ich. Was erzählt Damien mir da? „Ich kann dir nicht ganz folgen. Wieso solltest du so was können? Gibts da einen Kurs für?" Ich beginne hysterisch zu lachen. „Komm wir setzen uns." Wohin, frage ich mich. „Lass uns nach oben gehen. Dort habe ich ein Schlafzimmer, denn schlafen muss auch ich." Beim ersten Date ins Schlafzimmer zu gehen, ist nicht gerade die feine englische Art, denke ich mir. „Ich würde dich auch nie darum bitten, aber wir müssen dringend sprechen. Es geht um dich. Bitte vertrau mir." Also langsam werde ich wütend. „Klar, weil ich dich schon mein ganzes Leben kenne und du mir nicht gerade erzählt hast, dass du Gedanken lesen kannst. Wieso sollte ich dir nicht vertrauen?" Ich weiß nicht, ob ich lachen oder heulen soll. Damien schaut mich traurig an. „Zoye, es tut mir leid. Auch alles, was noch kommen mag, tut mir leid. Das hast du nicht verdient, aber nun geht es darum, dich zu beschützen. Also bitte, hör mir zu. Wir können auch hier bleiben." Ich sage nichts und schaue ihn erwartungsvoll an. „Fünf Minuten. Dann bin ich weg."

Damien

„Also"… Ich hole tief Luft. „Es gibt mehr als nur eure Erde. In einem anderen Universum gibt es noch eine Welt. Diese Welt heißt Milan und dort komme ich her. Durch ein Portal habe ich es geschafft, hier her zu gelangen. Und ich bin nicht ohne Grund hier." Ich schaue sie an, um ihr Zeit zu geben, etwas zu sagen, doch sie nickt nur, also fahre ich fort. „In Milan haben wir eine Königin, die über unsere Welt regiert, sie heißt Elisabeth. Und du siehst genauso aus wie sie. Oder sie sieht genauso aus wie du. Ihr ähnelt auch wie ein Haar dem anderen. Deshalb möchte sie dich los werden. Sie hat Angst, dass du ihre Krone stehlen und ihren Platz einnehmen könntest. Und deshalb wurde ich hier her geschickt." „Wieso sollte ich das wollen? Ich wusste bis gerade, eben ja noch nicht mal, dass es dieses Milan überhaupt gibt. Und ich weiß auch noch nicht, wie ich dir das glauben soll." Zoye steht vor mir und sieht verwirrt aus. Sie weiß nicht, was sie davon halten soll, ob sie mir glauben soll. „Ich würde dich nie anlügen. Ich musste dir die Wahrheit sagen, um dich zu schützen. Als ich dich das erste Mal gesehen habe, wusste ich, dass ich dir nichts tun kann. Aber Elisabeth akzeptiert kein Nein. Deshalb ist Nick hier." „Nick? Der neue Mitschüler, mit dem Haley gerade unterwegs ist? Spinnst du? Wie kannst du sie mit ihm alleine lassen." Zoye ist sauer. „Nick will dich. Er würde Haley niemals etwas antun. Ich musste ihn aber los werden, um mit dir zu sprechen. Wir müssen fliehen." Zoye fängt an zu lachen. „Wo soll ich denn hin? Und was soll ich meiner Tante, Haley und Kyle sagen? Eine böse Königin, aus einer anderen Welt möchte mich umbringen, deswegen muss ich mit einem fremden Kerl in eine andere Stadt fliehen? Wir sind doch nicht bei Narnia."

Bevor ich ihn rufen höre, weiß ich, dass er da ist. Ich spüre seine Kälte. „Damien kommt raus. Wir können unseren Auftrag gemeinsam erfüllen." Da ist Nick. Ich schaue Zoye an und halte ihr einen Finger an die Lippen. Vorsichtig gehe ich auf die Tür zu und schaue durch den Türspion. Nick steht vor dem Haus auf der Wiese. Ich laufe schnell nach oben in mein Schlafzimmer und nehme mir mein Schwert, das unter meinem Bett liegt. Dann gehe ich an die Tür. „Du wirst ihr nichts tun, Nick. Das lasse ich nicht zu." Doch er grinst nur. „Was ist mit dir los? Hat dich die Kleine weich gekocht. Sie sieht zwar aus wie Elisabeth, aber sie ist es nicht. Du musst sie nicht beschützen. Du bist ihr nichts schuldig, aber deinem Land. Und deiner Königin." Wie soll ich Nick das erklären? „Sie ist anders, als du denkst. Sie will niemandem etwas tun und sie will auch nicht die Krone haben. Sie wusste bis eben gar nichts von unserer Welt." Nick lacht.

„Na und? Selbst wenn? Elisabeth denkt, sie ist eine Gefahr, also muss sie beseitigt werden. DU weißt doch, wie das läuft. Also Damien, geh zur Seite und lass mich meine Arbeit machen." Nick läuft auf mich zu. „Nein! Du wirst ihr nichts tun. Vorher musst du an mir vorbei." Es beginnt zu donnern und der Himmel wird immer dunkler. „Damien, Elisabeth wird davon gar nicht erfreut sein, dass ist dir doch klar?" Ich schaue ihn entschlossen an. „Ich weiß, doch ich nehme es in Kauf. Wenn du an Zoye heran willst, musst du an mir vorbei." Nick beginnt schneller zu laufen und zieht sein Schwert aus seiner Tasche. „Nichts lieber als das." Ich hebe mein Schwert und renne auf ihn zu. Unsere Schwerter prallen aufeinander und wir beginnen zu kämpfen. Wir haben so oft zusammen geübt, wir wissen genau, wie der andere kämpft. Keiner scheint zu gewinnen und keiner scheint zu verlieren. Ich muss es irgendwie schaffen, ihn zu besiegen und so Zeit zu gewinnen, um mit Zoye zu fliehen. Doch wohin gehen wir? „Mehr hast du nicht drauf Damien? Zeig mir was du kannst." Erneut fliegt sein Schwert auf mich herab, doch ich wehre es ab. „Oh mein Gott", höre ich plötzlich Zoye hinter mir rufen. „Was tut ihr da? Wir leben nicht mehr im Mittelalter!" Sie ist vollkommen außer sich. Ich bin einen Moment abgelenkt und das nutzt Nick aus. Er schubst mich zu Boden und hält mir seine Klinge an den Hals. „Eine Schande um dich Damien.

Doch keine Angst, ich werde dich bei Elisabeth ersetzen." Der Wind um uns herum nimmt immer mehr zu und es fängt an zu regnen. „Leb Wohl Damien" und dann sehe ich, wie Nicks Schwert auf mich herunter fällt.

„Nein!", höre ich Zoye schreien und auf einmal beginnt der Boden an sich zu bewegen. Alles um mich herum fängt an zu wackeln und der Boden vor mir reißt auf. „Verschwinde von ihm!", schreit Zoye und ein Windstoß schmeißt Nick durch die Luft und er knallt gegen einen Baum. Bevor ich begreifen kann, was passiert, springe ich auf und schnappe mir Zoye. „Komm mit", schreie ich ihr zu „Wir müssen weg von ihr!" Ich ziehe sie hinter mir her und wir laufen auf das Verließ zu. Ich weiß nicht wieso, aber das ist die einzige Idee, die ich im Moment habe. Wir laufen durch die Tunnel, bis wir an der Grotte ankommen. Völlig außer Atem, schubst Zoye mich plötzlich nach hinten. Sie fängt an zu weinen. „Was sollte das?", schreit sie mich an. „Du hättest sterben können. Das war kein Spaß mehr." Sie ist völlig außer sich. Ich nehme ihr Gesicht in meine Hände. „Beruhig dich bitte und hör mir zu." Sie schaut mir in die Augen und langsam wird ihre Atmung ruhiger. „Ich habe es dir doch erklärt. Das war alles die Wahrheit. Ich bin ein Krieger aus Milan und ich bin hier, um dich zu töten beziehungsweise nun um dich zu retten." Ich höre Schritte, die aus den

Tunneln kommen. „Damien, wo seid ihr? Ich weiß, dass ihr hier seid." Zoye reist erschrocken die Augen auf und schaut sich nach einem Ausweg um. „Hier gibt es kein Entkommen." Ich stöhne verzweifelt auf. „Wieso sind wir dann hier her gelaufen? Super Plan." Plötzlich kommt mir eine Idee. „Zoye, vorhin, das Erdbeben und der Sturm, der Nick durch die Luft warf, das war nicht Elisabeth, dazu ist sie nicht der Lage. Keiner von uns." Zoye schaut mich verwirrt an. „Ja und? Was willst du mir damit sagen?" „Ich glaube, du warst es. Ich weiß nicht, wie du es getan hast und wie es möglich sein kann, aber die Kraft kam aus dir." Sie beginnt zu lachen. „Jetzt bin ich also auch noch eine Hexe oder was? Es wird ja immer besser." Nick kommt in die Grotte gelaufen. „Da seid ihr zwei ja. Also, das vorhin fand ich ja nicht gerade nett. Das hat mich leicht wütend gemacht. Was soll ich jetzt mit euch zwei anfangen?" Er hebt sein Schwert in die Luft und kommt auf uns zugerannt. Ich nehme Zoyes Hand und springe mit ihr rückwärts in die Grotte. Und dann ist alles schwarz.

Zoye

Als ich aufwache, sehe ich den Himmel. Schnee fällt auf mich herab. War ich nicht eben in der Schule? Wieso habe ich geschlafen? Ich schaue neben mich. Damien liegt auf der Erde und schläft. Langsam kommt die Erinnerung. Der Kampf, der Sturm, das Erdbeben, die Flucht und dann war alles schwarz. Ich setze mich auf und sehe, dass wir eingeschlossen sind. Um uns herum ist Erde. Wir liegen in einem Loch. Ich schüttle vorsichtig an Damiens Körper. „Damien aufwachen", flüstere ich. Er öffnet langsam die Augen. Plötzlich reist er sie auf und springt auf. Er zieht sein Schwert aus der Tasche und dreht sich im Kreis. „Hier ist niemand", sage ich. „Aber wo sind wir?" „Ich habe keine Ahnung. Normalerweise wache ich im Schlossgarten auf. Ich habe nicht nachgedacht, als wir durch das Portal gefallen sind. Deshalb kamen wir vermutlich hier raus. Ich weiß nicht, wo wir sind" „Also sind wir jetzt wirklich durch ein Portal nach Milan gelangt? In eine andere Welt?" Ich spüre, dass mir schlecht wird. „Ja, so ist es. Ich weiß, dass ist ziemlich viel auf einmal. Aber zunächst einmal müssen wir schauen, dass wir hier raus kommen. Du bist immer noch in Gefahr. Nick gibt niemals auf. Und Elisabeth erst recht nicht. Wir müssen dich in Sicherheit bringen, auch wenn ich, ehrlich gesagt, selbst noch nicht weiß, wohin."

Plötzlich höre ich jemanden schreien: „Wir haben etwas. Endlich, das Hungern hat ein Ende." Ich höre mehrere Menschen auf uns zu rennen. „Wer ist das Damien?" Er packt mich und zieht mich hinter sich. „Aufsässige. Bürger, die gegen unsere Königin sind und nicht in unserer Stadt leben. Sie sind gefährlich." Immer mehr Menschen versammeln sich um das Loch und schauen auf uns herab. Ein Mann fängt an zu sprechen: „Leider nichts zu essen. Nur zwei Menschen, vermutlich aus der Stadt, die sich verirrt haben. Lassen wir sie doch da unten verhungern." Ein anderer Mann schubst ihn zur Seite: „Sei leise Lex. Wer seid ihr?" Er schaut auf uns herab. „Schau nach unten", flüstert Damien mir zu. Ich senke den Kopf. „Dass ich das noch erleben darf", sagt der fremde Mann und lacht auf. „Damien in unserem Erdloch. Ihr glaubt ja gar nicht, wie erfreut ich bin, euch zu sehen, mein erster Offizier." Er hört sich so an, als würde er sich über Damien lustig machen. „Was macht ihr hier in unseren Wäldern? Hat unsere geliebte Königin euch Auslauf gewährt?" Alle fangen an zu lachen. „Wir sind aus Versehen hier gelandet. Wir wollen keinen Ärger. Lasst uns heraus und wir verschwinden." Wieder fangen alle an zu lachen. „Natürlich. Wir haben den Herzbuben unserer Königin gefangen und lassen ihn laufen. Das klingt sehr vernünftig für mich. Holt sie raus." Ich hebe leicht den Kopf und sehe, dass ein Seil heruntergelassen wird. „Das

Mädchen zuerst", sagt der Fremde. „Nein!", sagt Damien. „Dann werdet ihr wohl da unten bleiben müssen.", sagt der Fremde und dreht sich um, um zu gehen. „Wartet", rufe ich. Damien dreht sich zu mir um: „Was soll das, Zoye?". „Helft uns bitte hier raus. Ich gehe auch zuerst." Der fremde Mann kommt zurück. „Na geht doch. Greif das Seil Mädchen." Damien hält mich fest, doch ich reiße mich los. „Ich kriege das hin." „Du verstehst das nicht, wenn sie dich sehen, werden sie denken, du bist Elisabeth." Doch bevor ich begreife, was Damien mir da erzählt, werde ich nach oben gezogen. Der Typ nimmt meine Hand und zieht mich nach oben. Er schaut mir ins Gesicht und zieht plötzlich sein Schwert. „Zieht eure Schwerter Jungs. Ihr glaubt nicht, wen wir hier haben. Elisabeth King. Welch eine Ehre. Was tut ihr hier, meine Königin?" Er knickst von mir und grinst mich fies an. „Ich bin nicht Elisabeth, ich sehe nur aus wie sie." Der Fremde verdreht die Augen. „Genau und ich bin nicht Barnes, sondern unser alter König George. Dass ich das auf meine alten Tage noch erleben darf. Hände her und keine Tricks. Wir sind alle bewaffnet. Wir wissen von deiner Magie." Er reist meine Hände nach vorne und will sie verbinden. „Stopp! Bitte. Holt Damien da raus." Sie dürfen ihnen nicht hier lassen. Ich weiß nicht, wohin ohne ihn. „Keine Angst. Wir lassen euren Herzbuben schon nicht hier. Wir haben noch einiges mit euch zwei vor." Alle beginnen zu lachen und ich bekomme die Augen verbunden. Ich höre, wie sie Damien aus dem Loch ziehen und auf einmal zieht jemand an meinen Fesseln und wir beginnen uns zu bewegen. Wir laufen bestimmt schon eine Stunde und keiner sagt etwas. Alle scheinen angespannt zu sein, auch wenn ich nicht wirklich weiß, warum. Sie können doch nicht wirklich denken, dass ich Elisabeth bin. Ich würde so gerne mit Damien sprechen, aber ich kann nicht einordnen, wo er ist. Plötzlich bleiben wir stehen und jemand packt mich von hinten. „Achtung Majestät, es geht nach unten." Ich werde von hinten geschupst und falle in ein Loch, durch das ich immer weiter nach unten rutsche. Plötzlich lande ich unsanft auf meinem Hintern. „Wer ist das denn?", höre ich eine Männerstimme fragen. Ich kenne diese Stimme. Jemand landet hinter mir und schupst mich unsanft nach vorne. „Aua, kannst du nicht aufpassen." Ich höre Barnes hinter mir lachen. „Tut mir leid, eure Majestät. Habe ich euch Weh getan? Das wollte ich natürlich nicht." Ich werde unsanft nach oben gezogen und wir laufen weiter. „Wer ist das?", höre ich die bekannte Stimme von vorhin fragen. „Schau sie dir doch an Sit. „Wer ist sie?". „Ich kann es nicht glauben. Was macht Elisabeth King hier. Seid ihr verrückt, sie hier her zu bringen?" Die bekannte Stimme klingt wütend. „Hier unten sind ihre Kräfte nicht stark genug, um uns etwas zu tun. Und sie weiß nicht, wo wir lang gelaufen sind. Wir haben sie in einer unserer Fallen weit ab von der Stadt gefunden. Wir wissen auch noch nicht, was sie dort verloren hatte. Aber wir werden es herausfinden." Wir gehen weiter.

Wir laufen viele Abbiegungen und es kommt mir vor, als sind wir schon Stunden unterwegs, als wir irgendwann anhalten. „Setzt dich", sagt Barnes. Er drückt mich nach unten und ich setze mich auf einen kühlen Untergrund. Ich bekomme die Augenbinde abgenommen. Langsam gewöhne ich mich an das Licht und ich schaue mich um. Viele Menschen stehen um mich herum und starren mich an. Damien ist nicht hier. „Wo ist Damien?" Ich schaue diesem Barnes in die Augen. „Er ist nicht hier. Wir haben ihn in das Verließ gesteckt, bis wir mit ihm reden möchten. Auch wenn er sich gewehrt hat, das muss man ihm lassen." Ich springe auf und alle zücken ihre Schwerter. „Wenn ihr ihm etwas getan habt, dann …" Was dann? Gute Frage, denke ich mir. Ich kann sie schlecht mit meinem Handy oder dem Labello in meiner Tasche attackieren. „Hören sie mir zu. Ich bin nicht Elisabeth. Ich sehe zwar aus wie sie, aber ich bin nicht sie. Mein Name ist Zoye und ich stamme aus Woodhome." Alle sehen mich verwirrt an. „Seid ihr bei eurem Sturz auf den Kopf gefallen? Ihr glaubt doch nicht wirklich, dass wir euch irgendetwas von dem, was sie erzählen, abnehmen? Obwohl ihr wirklich nicht gerade königlich aussieht." Barnes mustert mich von oben bis unten und schnaubt verächtlich. Was kann ich tun, dass sie mir glauben? „Glaubt ihr wirklich, eure Königin wäre so blöd, in eine eurer Fallen zu laufen. Elisabeth scheint clever zu sein, sie würde sich doch nicht so einfach fangen lassen. Und sie hätte sich gewehrt. Sie hat doch Kräfte oder? Ich bin nicht sie!" Barnes sieht mich interessiert an. „Mal angenommen, wir glauben dir auch nur ein bisschen. Wo warst du die letzten 16 Jahre? Hat Elisabeth ihren Zwilling versteckt? Wo hast du gelebt? Man hätte von dir gewusst. Es ist unmöglich, ein Leben im Untergrund zu führen, wenn man so aussieht wie sie." Wenn ich ihnen nun meine Geschichte erzähle, halten sie mich gewiss für verrückt. „Ich habe nicht hier gelebt. Nicht in Milan, nicht in eurer Welt. Ich komme aus einer anderen Welt und Damien wurde dort hin geschickt, um mich zu töten." Barnes fängt laut an zu lachen und die anderen steigen ein. „Genau. Und als er dann in eurer anderen Welt war, um dich umzubringen, dachte er, er verstößt gegen Elisabeths Befehl, rettet dein Leben und bringt dich hier her. Das klingt sehr glaubwürdig. Schafft sie in unser Verließ, dann können wir uns um Damien kümmern." Aus der Menge tritt mir ein junger Mann entgegen und ich traue meinen Augen kaum. Mir schießen Tränen in die Augen. „Kyle", schreie ich, springe auf und rennen auf ihn zu. Er holt aus und schlägt mir ins Gesicht. Und dann ist alles um mich herum schwarz.

Damien

Zum hundertsten Mal trete ich gegen die Eisenstangen, doch ich habe keine Chance. Ich komme hier einfach nicht raus. Ich habe so eine Angst, was sie mit Zoye gerade machen. Die Steinmauern sind zu dick, ich kann nichts hören und auch nichts spüren. Wenn ich nicht bald hier raus komme, werde ich noch verrückt. Ich muss wissen, ob es ihr gut geht. Ich höre Schritte, die immer näher kommen. Barnes und Sit kommen auf mich zu. Ich kenne sie genau, schließlich ist Elisabeth seit Jahren auf der Suche nach ihnen, doch wir konnten sie noch nicht ergreifen. Ein Wunder, dass sie es bei den Temperaturen in Milan so lange geschafft haben, hier draußen zu überleben. Obwohl wir nicht mal wussten, dass es diese Höhlen überhaupt gibt. Vor etwa vier Jahren, als König George starb und Elisabeth an die Macht kam, begannen einige Menschen, gegen sie und ihre Regierungsform zu rebellieren. Elisabeth wollte Macht. Sie wollte die Macht über alles und jeden. Keiner sollte mehr etwas machen können, ohne dass sie davon wusste. Und das war nicht jedem Bürger recht. So bildeten sich Gruppierungen, die gegen das Regierungssystem von Elisabeth waren. Natürlich ließ sie dies nicht zu und machte Jagd auf alle, die sich gegen sie stellten. Und so flohen sie in die Wälder. Wir suchen seit je her nach ihnen, doch wir konnten selten welche erwischen. Und wenn, haben sie geschwiegen. Eines muss man den Aufsässigen lassen, loyal sind sie. Sit, Barnes Sohn, schließt die Tür auf und hält seine Waffe auf mich gerichtet. Ich stehe auf und er greift meine Handschellen und zerrt mich hinter sich her. Sie sind allesamt verwirrt. Zoye hat ihnen erzählt, dass sie nicht Elisabeth ist. So was Dummes! Sie werden es zu ihrem Vorteil nutzen, das kann ich nicht zulassen. Die Aufsässigen wissen von meinen Kräften und versuchen, ihre Gedanken für sich zu behalten. Doch immer wieder kann ich Bruchstücke hören. Wir kommen in eine größere Höhle und Zoye liegt bewusstlos auf einem Stein. Ich will zu ihr rennen, doch werde nach hinten gerissen. „Was habt ihr ihr getan?" Ich schäume vor Wut. Barnes beginnt zu sprechen: „Sie wollte Sit angreifen. Als er auf sie zutrat, rannte sie plötzlich auf ihn los". Da dämmert es mir. Sit sieht genauso aus wie Kyle. Zoye muss gedacht haben, er würde ihr helfen.

Zoye

Als ich aufwache, spüre ich, dass ich auf einem harten Untergrund liege. Ich bin in einer kleinen Steinhöhle eingesperrt. „Ihr könnt gehen Jungs", sagt der böse Kyle, so werde ich ihn in Zukunft nennen. „ Sie ist wach. Ich habe hier alles im Griff. Barnes, du kannst mich dann ablösen, wenn die Sonne aufgeht. Ich übernehme die Nachtwache." Also werde ich mit dem bösen Kyle hier die Nacht verbringen. Na super. Ich lehne mich mit dem Rücken gegen die Wand und rutsche langsam daran herunter. Ich schaue mein Bein an. „Oh man", rutscht es mir heraus. Meine Hose ist von oben bis unten voll mit Matsch und mein Pulli sieht nicht besser aus. Ich greife mir in die Haare. Igitt, blödes Matschloch. Bevor ich darüber nachdenken kann, was ich sage, frage ich: „Entschuldigung, aber kann ich mich hier irgendwo waschen?". Er schaut mich erst verwundert und dann amüsiert an. „Natürlich meine Majestät. Wie wäre es außerdem mit einem schönen neuen Kleid und einer warmen Mahlzeit? Wäre euch das recht?" Er schnaubt verächtlich auf. Er ist wütend. „Tut … tut mir leid, dass ich gefragt habe", stottere ich. „Es tut dir leid, ja? Was genau Elisabeth? Dass unser halber Clan in deinem Verließ gefoltert wird? Dass das ganze Volk von dir unterdrückt wird? Dass meine Mutter seit über zehn Jahren in deinem

Palast als Sklavin arbeitet? Was genau tut dir daran leid? Jetzt tu mal nicht so. Du willst deinen hübschen Kopf retten, das ich alles. Aber diesmal kommst du auch mit deinen Kräften nicht hier raus. Sie sind nämlich in unseren Höhlen geschwächt. Der Stein blockiert sie, also versuch es gar nicht erst. Und sei froh, wenn du ne Scheibe Brot bekommst, mehr hast du nicht zu erwarten." Er sieht aus, als würde er gleich explodieren, so wütend ist er. Doch was soll ich sagen? Was Elisabeth getan hat, beziehungsweise immer noch tut, ist schrecklich, aber ich bin nun mal nicht sie. Also wende ich meinen Blick ab und sage nichts. „War ja klar. Als ob dir irgendetwas leid tun könnte." Er tritt gegen die Gitterstäbe. Mir schießen die Tränen in die Augen. Ich kann es nicht verhindern, sie fließen einfach. Ich schluchze auf. „Ich will nach Hause", sage ich zu mir selbst. Und erst jetzt wird mir klar, dass die anderen sich schreckliche Sorgen machen müssen. Erst verschwindet meine Mom und jetzt ich. Niemand weiß, wo ich bin. Ich merke, dass ich panisch werde. Ich bekomme keine Luft mehr. Ich versuche, aufzustehen, doch meine Beine sind weich wie Gummi. Ich höre eine Stimme: „Elisabeth, lass die Show, du kommst hier nicht raus." Langsam wird mir schwarz vor Augen. Alles verschwimmt. „Verdammt." Ich höre, wie die Tür aufgeschlossen wird und dann sehe ich Kyles Kopf über mir. „Das kann ich nicht tun. Werd wach, verdammt nochmal." Seine Stimme wird immer leiser. Plötzlich spüre ich Lippen auf meinem Mund und Luft wird in mich hineingeblasen. Mein Brustkorb hebt und senkt sich wieder und ich öffne die Augen. Goldbraune Augen schauen mich an. Er kniet über mir. Ich versuche, mich aufzusetzen, aber kippe direkt wieder nach hinten um. Da kommt die Erinnerung. „Ich muss nach Hause. Die anderen machen sich gewiss schon Sorgen." Er sieht verwirrt aus. „Du kommst hier nicht raus Elisabeth." Er versteht es nicht. Haley, Mary, Kyle, sie alle sind vermutlich ganz verrückt vor Sorge. Er dreht sich weg und steht auf. „Trotzdem danke", sage ich leise. Er bleibt kurz stehen, geht dann jedoch ohne was zu sagen aus der Höhle und schließt mich wieder ein. Er setzt sich vor die Höhle auf einen Stein. Ich versuche, mich irgendwie bequem hinzulegen und langsam spüre ich, wie müde ich bin. Es ist wirklich sehr kalt, aber mein Körper will nur noch schlafen. Plötzlich umgibt mich etwas Warmes, ich höre auf zu zittern und schlafe endlich ein.

„Sie hat gezittert, das war kein Schauspiel. Elisabeth liebt die Kälte, ihr Herz besteht daraus. Wieso friert sie? Und ihre Augen. Sie sind nicht kalt und schwarz, so wie Elisabeths. Sie sind hell und warm. Ich habe keine Ahnung, was hier vor sich geht, aber das ist nicht Elisabeth." Ich liege mit dem Rücken zu den Gitterstäben und Kyle scheint sich mit Irgendwem zu unterhalten. „Du bildest dir etwas ein, mein Junge. Gerade du solltest doch allen Grund haben, ihr nur Schlechtes zu wünschen." Es ist Barnes. „Du glaubst doch nicht wirklich an diese wirre Geschichte, die sie uns auftischen wollte?" „Nein, natürlich nicht", sagt er. „Aber sie ist anders als früher. Wo ist ihre Stärke hin. Sie wirkt überhaupt nicht königlich." Na vielen Dank auch, denke ich mir. Das stärkt mein Selbstbewusstsein. Ich bewege meinen Arm und erst jetzt bemerke ich, dass etwas auf mir liegt. Ich schaue vorsichtig auf mich herab. Jemand hat ein Fell auf mich gelegt, deshalb wurde mir auch warm. Doch wer? „Wie sie wirkt, ist doch völlig egal. Wir haben die Königin. Was glaubst du, was uns dadurch für Möglichkeiten geboten werden. Was der Palast alles tun wird, um sie wieder zu bekommen. Und überleg doch mal, was wir mit ihren Kräften anfangen können." Beide schweigen eine Weile. „Du hast recht. Ihre Anwesenheit scheint mich völlig aus der Bahn zu werfen." Barnes und er verlassen das Verließ. Langsam fallen mir wieder die Augen zu. Mein letzter Gedanke gilt Damien. Wo bist du nur?

„Aufstehen. Deine Person wird benötigt." Ich werde nach oben gezogen und das warme Fell rutscht von mir herunter. Barnes steht vor mir und hält mich an den Handschellen fest. Unsere Präsidentin möchte mit dir sprechen."

Ich bekomme erneut die Augen verbunden. Nach ewigem Laufen werde ich unsanft auf den Boden gedrückt. „Setz dich!", schnauzt mich Barnes an. Mir wird die Augenbinde abgenommen und vor mir steht eine Gestalt. Meine Augen müssen sich erst mal an das Licht gewöhnen. „Darf ich vorstellen. Das ist Raven unsere Königin!" Doch ich kann nur eines sagen: „Mom!".

Mom schaut mich wütend an: „Keiner hat dich zu Wort gebeten Elisabeth!". Mir steigen Tränen in die Augen: „Mom, ich bins, Zoye. Erkennst du deine eigene Tochter nicht?". Ich möchte aufstehen, auf sie zu rennen, sie umarmen, aber Barnes hält mich fest. „Wenn du meine Tochter wärest, würde ich mich schämen!", Mom lacht verächtlich. Mir wird schlecht. Wie kann sie mich nicht wieder erkennen? Oder ist sie gar nicht Mom, sondern so wie der böse Kyle. Das ist so verwirrend. Zoye konzentrier dich! Wenn du aussiehst wie Elisabeth, vielleicht gibt es auch eine Frau, die so aussieht wie Mom. Das wäre die einzig logische Erklärung hierfür. Aber wo ist die logische Erklärung dafür, dass ich mich angeblich in einer anderen Welt befinde, in der die Menschen Zauberkräfte haben? Ich komme mir vor, wie in einem schlechten Hollywood-Film. „Also, Elisabeth. Was hattest du in unseren Wäldern zu suchen? Wieso warst du so weit ab von der Stadt?" Was soll ich ihnen antworten. Okay, wenn sie Elisabeth haben wollen, kriegen sie Elisabeth. „Das geht euch ungefähr so viel an wie Schminke euer Gesicht. Nämlich überhaupt nichts." „Was ist diese Schminke? Willst du mir drohen? Glaub mir, du bist nicht in der Position dazu! Also, ich frage dich noch einmal! Was hattet ihr in unseren Wäldern zu suchen?" Ich muss lachen. Ich kann nicht anders, aber ich muss lachen. „Eure Wälder? Meine Stadt? Merkt ihr nicht, wie bescheuert das alles klingt? Das ist unsere Welt. Sie gehört nicht nur einer Person! Noch nie was von Demokratie gehört?" Mom schaut mich verwirrt an. „Lasst deine Hexensprüche. Du bist zu tief unter der Erde hier wirkt deine Magie nicht!" Welche Magie, frage ich mich. Doch dann muss ich an den Kampf zwischen Nick und Damien denken. Wie kann Damien glauben, dass ich Nick durch die Luft geschleudert habe. Ich hätte es ja wohl gemerkt, wenn ich irgendwelche Zauberkräfte besitzen würde. Wieder lache ich hysterisch los. „Was ist so lustig Elisabeth. Lass uns doch an deiner Freude teilhaben." Mom sieht sehr verärgert aus. Wie damals, wo ich die Wand mit meinen Buntstiften angemalt habe. Ich kenne diesen Blick zu gut. Wenn sie nur verstehen könnte, wie verrückt das alles ist. „Ich frage dich ein letztes Mal, Elisabeth! Was hattet ihr in unseren Wäldern verloren?" Ich weiß nicht, was ich antworten soll. Also schweige ich. „Barnes, bringt sie zurück ins Verließ. Vielleicht wird sie dort nach einigen Tagen gesprächiger." Mom, oder Raven, wie Barnes sie genannt hat, dreht sich um und verschwindet durch einen Tunnel in der Höhle. Bevor ich die Möglichkeit habe, mich umzuschauen, bekomme ich erneut die Augen verbunden. „Steh auf!", Barnes zieht mich nach oben und wir beginnen uns wieder zu bewegen. Irgendwann höre ich, wie eine Tür geöffnet wird und ich werde nach vorne geschubst und pralle auf den Boden. „Aua!" „Oh verzeiht, habe ich euch weh getan, meine Majestät? Ein bisschen mehr Stärke hätte ich euch schon zugetraut!" Barnes nimmt mir die Augenbinde ab und geht aus meinem Verließ. „Heute bewache ich euch, also keine falschen Spielchen!" Ich kauere mich auf die Erde, schließe die Augen und versuche, einen klaren Kopf zu bewahren. Was soll ich jetzt tun? Was würde Haley mir raten? Oh Gott, Haley. Und Mary und Kyle. Sie machen sich bestimmt schreckliche Sorgen, wo ich jetzt bin. Ich habe jegliches Zeitgefühl verloren. Wie lange bin ich schon weg? Welchen Tag haben wir? Ist es Tag oder Nacht? So viele Fragen und doch keine Antworten. Und dann die wichtigste aller Fragen. Wo ist Damien? Was haben sie mit ihm gemacht? Ich versuche, die Tränen zu unterdrücken, doch ich kann ein Schluchzen nicht verhindern. „Hör auf mit der Schauspielerei, Elisabeth. Niemand nimmt es dir ab." Wie komme ich aus dem Schlamassel nur wieder raus?

Damien

Heute Nacht werde ich von Sit bewacht. Ich muss mir schleunigst etwas einfallen lassen, wie ich und Zoye hier raus kommen. Doch was dann? Wo sollen wir hin? Elisabeth und Nick auf der einen Seite und die Rebellen auf der anderen. Der Palast und die Stadt waren, seit ich denken kann, mein zu Hause. Ich hätte mir nie träumen lassen, dass es anders sein könnte. Doch hier können wir auf keinen Fall bleiben. Sie werden Zoye nicht glauben, dass sie nicht Elisabeth ist. Und selbst wenn, würden sie sie zu ihrem Vorteil benutzen. Wie komme ich hier raus? Und selbst wenn ich es schaffen würde, wie finde ich Zoye? Okay, denk nach Damien! Ich schnappe immer wieder Bruchstücke von Sits Gedanken auf. Er versucht, sie so gut es geht, im Zaum zu halten, doch er schafft es nicht ganz. Er denkt an Zoye. Sit hat selbst Jahre lang als Sklave in Elisabeths Palast gedient. Er kennt sie besser als die meisten anderen und hat großen Hass auf sie. Doch er merkt, dass Zoye anders ist. Er ist verwirrt, das kann ich spüren. Auch ihm ist sofort aufgefallen, wie warm ihre Augen sind im Gegensatz zu der Kälte, die Elisabeths Blick ausstrahlt. Elisabeth hat versucht, Sit für ihre Zwecke zu benutzen, denn er hat eine ganz besondere Gabe. Er kann durch seinen Blick, seine Gedankenkraft, anderen Menschen Schmerzen zufügen. Doch Sit hat sich gegen Elisabeth gestellt und sich geweigert, ihr zu helfen. Deshalb musste er elf Jahre in Elisabeth Verließ ausharren. Ich habe nie etwas dagegen getan. Ich kannte es nicht anders. Ich weiß, dass ist keine Entschuldigung, aber Zoye hat mir gezeigt, wie es sein kann, ein guter Mensch zu sein. Ich weiß, dass ich es nie schaffen werde, ein so reines Herz, wie sie zu haben, aber vielleicht kann ich mich ihr irgendwann zumindest würdig erweisen.

Ich konzentriere mich wieder auf Sits Gedanken. Er ist immer noch über Zoye am nachdenken. Er scheint ihr eindeutig zugeneigt. Irgendwie passt es mir nicht so ganz, wie viel er an sie denkt. Doch vielleicht kann ich genau diese Zuneigung zu unseren Gunsten nutzen.
„Sit?" „Was?", fährt er mich an. „DU weißt, ich habe die Gabe, deine Gedanken zu hören und zu fühlen, was du fühlst. Im Moment bist du verwirrt. Du merkst, dass Elisabeth anders geworden ist. So schwach und hilflos und damit hast du recht. Dafür gibt es einen Grund." Er schweigt. Er scheint nachzudenken. „Ich möchte dir eine Geschichte erzählen, die für dich vollkommen unglaubwürdig klingen muss. Aber vielleicht kannst du dir so einen Reim daraus machen." Und so beginne ich zu erzählen. Ich erzähle von der Erde, von Zoye, von Elisabeth, ihrem Auftrag, sie umzubringen, von ihrer warmen Art, die es mir unmöglich gemacht hatte, ihr etwas anzu-

tun und von der Flucht nach Milan. Ich erzähle ihm nicht alles, sondern nur das, was er wissen muss. Nachdem ich fertig bin, schweigt Sit. Ich spüre, dass er einen inneren Kampf führt. Er weiß, dass er mir nicht glauben darf, doch er weiß, dass ich die Wahrheit sage. „Mal angenommen, ich würde dir glauben, Damien, was wäre dann?" In dem Moment kommt Barnes in das Verließ gestürzt. „Elisabeth hat eine Übertragung aus dem Palast auf alle Fernseher angeordnet. Wir können es auch empfangen. Wie ist das möglich, wenn sie doch hier ist?" Barnes schaltet den Fernseher in der Höhle an und Elisabeths Gesicht erscheint. Es ist unglaublich, wie unterschiedlich die beiden doch sind, obwohl sie sich so ähnlich sehen. Auf dem Bildschirm erscheint das Wappen von Milan und die Melodie unserer Welt wird abgespielt: „Kämpft für unsere Welt, kämpft für unser Volk, kämpft für eure Königin." Der Slogan von Elisabeth wird abgespielt und dann beginnt sie zu sprechen: „Liebes Volk. Damien Slave, mein erster Offizier, wurde entführt. Wir haben keinerlei Anhaltspunkte, wo er versteckt gehalten wird. Jeder, der auch nur den kleinsten Hinweis für sich behält, wird mit der Todesstrafe dafür büßen. Helft eurer Königin dabei, euch zu beschützen und bringt mir Damien wieder." Der Bildschirm wird wieder schwarz. Barnes und Sits Blicke richten sich auf mich. „Erkläre mir das auf der Stelle." Was hat sich Elisabeth nur dabei gedacht?

Will sie etwa, dass alle Welt erfährt, dass es eine zweite Elisabeth gibt? Nun weiß ich selbst nicht mehr weiter. „Damien, ich werde langsam wirklich sauer. Was hat das zu bedeuten? WIE ZUR HÖLLE KANN SIE AUS DEM PALAST ÜBERTRAGEN WERDEN, WENN SIE DOCH IN UNSEREM VERLIEß SITZT?" Barnes ist wütend. „Lass sie laufen Dad. Wir haben die falsche Elisabeth gefangen." „SAG MAL, SIND JETZT HIER ALLE VERRÜCKT GEWORDEN? GLAUBST DU DIESEN UNSINN JETZT ETWA AUCH?" Sit bleibt ganz ruhig. „Das ist kein Unsinn. Ich habe von Anfang an gesehen, dass dieses Mädchen nicht Elisabeth sein kann. Sie hätte sich auch niemals fangen lassen oder wäre freiwillig mit uns gekommen, ohne sich zu wehren. Und du hast doch gerade gesehen, dass die echte Elisabeth wohlbehütet in ihrem Palast sitzt." Barnes denkt nach. „Nehmen wir mal an, du hast recht und in unserem Verließ sitzt jemand, der genauso aussieht wie Elisabeth. Wie blöd wären wir, wenn wir das nicht zu unseren Gunsten nutzen?" Ich springe auf: „Wenn ihr Zoye auch nur ein Haar krümmt, dann …" Ich schlage gegen die Gitterstäbe, doch ich habe keine Chance. „Zoye, so ist also der Name der Kleinen. Dann werden wir uns doch einmal ein bisschen mit ZOYE befassen." Barnes beginnt zu lachen und verlässt die Höhle. Ich wende mich an Sit. „Sit, Zoye ist der reinste und edelste Mensch, den ich kenne. Sie will keinem etwas Böses. Sie wusste bis vor wenigen Stunden nicht einmal, dass wir überhaupt existieren. Du MUSST mich hier raus lassen, damit ich sie beschützen kann!" Sit denkt nach. Oh nein, gar nicht gut. „Ich werde mir selbst ein Bild darüber verschaffen, wie rein und edel diese Zoye doch ist." Und mit diesem Satz verlässt Sit ebenfalls die Höhle. „SIT, KOMM ZURÜCK! BITTE!" Doch er ist schon auf dem Weg zu meiner Zoye. Was wird er mit ihr machen?

Sit

Als ich bei Zoye ankomme, steht Barnes schon vor ihrem Verließ und schreit sie an. „ALSO ELISABETH, DU SAGST MIR JETZT AUF DER STELLE, WIE DU ES GESCHAFFT HAST, AUS DEM PALAST ÜBERTRAGEN ZU WERDEN, OBWOHL DU HIER BIST. SEIT WANN BESITZT DU SOLCHE FÄHIGKEITEN?" Zoye, die falsche Elisabeth, fängt an zu weinen. „Ich habe ihnen bereits alles gesagt, was ich weiß. Ich bin nicht Elisabeth, glauben sie mir das doch endlich." Bevor Barnes etwas sagen kann, falle ich ihm ins Wort. „Barnes, lass mich das machen. Ich weiß am besten, wie man mit diesem Biest umzugehen hat." Ich lache verächtlich auf und Zoye beginnt noch mehr zu weinen. „Du hast recht. Finde heraus, was das alles zu bedeuten hat. Nimm sie so richtig in die Mangel, Sohn!" Barnes verlässt das Verließ und ich drehe mich zu Zoye um. „So. Jetzt möchte ich die Wahrheit hören. Erzähl mir alles, was du weißt." Sie schaut mich mit ihren großen, verquollenen Augen fragend an. „Du, du, du glaubst mir?" Sie zieht die Nase hoch. Verdammt, sie muss aufhören, so schutzlos zu wirken. Bei Elisabeth war es einfach, sie zu hassen. „Ich weiß nicht, was ich glauben soll. Also, erzähl!" Und sie sprudelt nur so los.

Sie erzählt, wie ein neuer Mitschüler mit dem Namen Damien in ihre Schule kam. „Moment. Was ist diese Schule?" Zoye lacht auf. „Du weißt nicht, was eine Schule ist?" Ich bin verwirrt. „Nein." Sie erklärt mir, dass eine Schule ein Ort ist, an dem die Menschen lesen und schreiben lernen und miteinander chillen. Was auch immer dieses „chillen" ist. „Also, wir lernen das von unseren Erzeugern. Okay, weiter." Dann beginnt sie zu berichten, dass Damien von Anfang an, wie verhext, immer dort war, wo sie auch war. Dann tauchte plötzlich ein Nick auf, wovon Damien gar nicht begeistert war. „Moment mal. Nick? Wie sah dieser Nick aus?" Zoye berichtet, dass er blonde Haare hatte und eine Narbe über der Wange. So genau könne sie sich nicht mehr an ihn erinnern. „Ich kann es kaum glauben. Nick, Elisabeths zweiter Soldat, hat auch eine Narbe über der Wange" „Dann reden wir wohl von demselben Nick. Auf jeden Fall musste Damien nach Nicks erscheinen plötzlich dringend mit mir reden und wir fuhren zum alten Woodhome Anwesen. Dort erzählte mir Damien dann von eurer Welt. Er berichtete mir von Milan, von Elisabeth, die genauso aussieht wie ich und von euren Fähigkeiten. Ich hielt ihn für völlig geistesgestört, doch plötzlich erschien Nick und die beiden begannen zu kämpfen. So richtig mit Schwertern und allem drum und dran. Ich kam wir vor wie bei Herr der Ringe!" „Herr der Ringe? Und womit sollen sie denn sonst kämpfen, außer mit Schwertern?" Zoye verdreht ihre Augen. „Herr der Ringe ist ein Film". „Und was ist jetzt wieder ein Film? Du verwirrst mich immer mehr Zoye." Sie reist überrascht die Augen auf. „ DU hast mich Zoye genannt!" Da wird es mir selbst bewusst. Ich glaube ihr. Ich fange wirklich an, ihre verrückte, total unglaubwürdige Geschichte zu glauben. „Erzähl weiter." „Sie begannen, erbittert zu kämpfen und Damien schien zu verlieren. Da wurde Nick plötzlich durch die Luft geschleudert und der Boden zwischen den Beiden teilte sich auf." Moment, was erzählt sie mir da? Wie konnte das geschehen? Elisabeth ist dazu nicht in der Lage. Damien und Nick auch nicht. „Zoye? Ich weiß, es klingt unmöglich, aber kann es sein, dass du das gewesen bist?" Sie fängt an zu lachen. „Ich? Spinnst du? Ich falle ja sogar über meine eigenen Füße. Ich bin definitiv die Falsche, der man Zauberkräfte zusprechen sollte." Ich weiß nicht, ob ich gerade die völlig falsche Entscheidung treffe, aber ich springe auf und schließe ihr Verließ auf. Ich halte ihr die Hand hin. „Komm schnell." Sie schaut mich mit großen Augen an. „Hör auf, mich anzuschauen und beweg dich. Wir haben nicht viel Zeit." Sie greift meine Hand und steht auf. „Folge mir!"

Gemeinsam laufen wir durch die Tunnel und ich hoffe, dass ich hierbei keinen dummen Fehler mache. Ich nehme ihre Hand und spüre die Wärme, die durch sie fließt. Da ist keine Kälte. Ich laufe immer schneller und spüre, dass Zoye Schwierigkeiten hat, mitzuhalten. „Bald haben wir es geschafft. Noch ein paar hundert Meter. Plötzlich höre ich Schritte und bleibe abrupt stehen. Zoye rennt von hinten in mich rein. „Was ist los?", flüstert sie. Ich drehe mich um und lege ihr meinen Finger auf die Lippen. Sie schaut mir zum ersten Mal in die Augen und ich habe das Gefühl, ich versinke darin. Wir schauen uns immer weiter an und die Zeit scheint stillzustehen. „Was passiert hier gerade", flüstere ich. „Ich habe keine Ahnung", flüstert Zoye zurück. Es ist, als wäre ich verhext. Ich kann nicht anders. Ich senke den Kopf nach unten und lege meine Lippen auf ihre. Ich habe plötzlich das Gefühl, als hätte ich das schon tausend Mal mit ihr gemacht. Die Schritte kommen immer näher und ich löse mich von Zoye. Finn kommt um die Ecke, sieht Zoye und zieht sein Schwert. „Sit, komm zu mir. Gemeinsam können wir sie bewältigen." Ich ziehe ebenfalls mein Schwert. „Finn, das verstehst du nicht. Trete zur Seite und alles wird gut." Er sieht sehr entschlossen aus. „Diesen Gefallen kann ich dir leider nicht tun, Sit. Übergib mir sofort Elisabeth und ich lasse dich noch einmal davon kommen. Niemand wird hier von erfahren." Ich trete einen Schritt nach vorne und schiebe Zoye hinter mich. „Finn, mach jetzt keinen Fehler. DU verstehst das hier nicht, aber diese Frau ist nicht Elisabeth." Er lacht verächtlich. „Sie hat dich verhext, merkt du das nicht? Natürlich ist sie es. Wer sollte es denn sonst sein?" Ich höre weitere Schritte näher kommen. „Ich habe jetzt keine Zeit, dir das zu erklären. Du musst mir vertrauen." „ Ich vertraue niemandem, der zu Elisabeth hält. Also übergib sie mir." Finn will irgendetwas rufen, doch dann bricht er zusammen vor Schmerzen. „Es tut mir leid, Finn." Ich musste meine Magie einsetzen, ich hatte keine andere Wahl. Ich greife wieder nach Zoyes Hand und wir rennen los. Nach einigen Minuten und gefühlten hundert Abbiegungen später kommen wir ins Freie. Zoye ist völlig außer Atem. „Moment bitte. Ich kann nicht mehr!" Okay spätestens jetzt ist mir klar, dass dies nicht Elisabeth ist. „Also, Kondition hast du ja wirklich nicht. Aber wir müssen weiter. Finn hat bestimmt den anderen Bescheid gegeben." Sie schaut mich überrascht an. „Wir?" Denkst du etwa, ich lasse dich alleine? Nimm es mir nicht übel, aber schau dich an." „Na, vielen dank auch." Zoye schnaubt verächtlich. „Wir reden später darüber, los jetzt!" Ich höre, wie die anderen immer näher kommen. Ich kann sie nicht alle aufhalten. „Ich kann nicht mehr!" „Da vorne sind sie. Los Jungs." Gerade, als die Rebellen, meine Familie, den Tunnel durchqueren wollen, höre ich Zoye schreien. „Stopp!" Plötzlich fängt der Boden an zu be-

ben, der Ausgang des Tunnels bricht in sich zusammen und Zoye kippt um.

Zoye

Ich öffne langsam die Augen und schaue in den dunklen Himmel. Wo bin ich? Das ist nicht das Verließ der Rebellen, das ist nicht mein Bett und auch nicht die Schule. Also habe ich nicht geträumt. All das ist wirklich geschehen. Ich schaue neben mich und Sit kniet neben einem Feuer. Was ist geschehen? Er hat mir geholfen zu fliehen. Wir sind durch die Tunnel gerannt und dann kam dieser Finn, der uns aufhalten wollte und … OMG Ich habe ihn geküsst. Beziehungsweise er hat mich geküsst. Was ist mit Damien? Oh Gott, Damien, wie konnte ich nicht an ihn denken. Er sitzt gewiss noch irgendwo in einem Verließ und wartet darauf, dass wir fliehen können. Ich springe auf. „Sit, wir müssen zurück!" Er schaut mich an, als wäre ich verrückt. „Nein? Wir haben es durch dich geschafft zu fliehen. DU bist frei. Du kannst wieder zurück in deine Welt, zu deiner Familie und deinen Freunden. Wieso solltest du zurückgehen?" „Ich kann und werde Damien nicht im Stich lassen. Er hat mir mein Leben gerettet, wegen mir wurde er aus dem Palast verstoßen und sitzt jetzt alleine in einem Verließ fest. Ich finde, dass ist ein guter Grund, um zurückzugehen." Sit schnaubt verächtlich. „Glaub mir eins. Wenn jemand sich selbst zu helfen weiß dann Damien. Er hat genug Menschen in Elisabeths Verließ versauern lassen. Nenn es

Schicksal, dass ihm jetzt dasselbe passiert." Ich werde wütend. „Wie kannst du so was sagen. Niemand hat es verdient, in einem Verließ eingesperrt zu sein. Okay, Mörder und Vergewaltiger vielleicht, aber Damien ist ein guter Mensch. Er hat mir mein Leben gerettet. Er hat alles für mich aufs Spiel gesetzt. Und dafür soll er jetzt bestraft werden? Das kann ich nicht!" Sit denkt nach. „Wir können nicht zurück! Ende, aus, Schluss! Das ist ein Befehl!" „Ich wüsste nicht, wieso ich auf dich hören sollte!" Ich drehe mich um und laufe los. „Zoye, du weißt doch gar nicht, wo du hin willst. DU wirst dich verlaufen und einsam und alleine in diesen Wäldern verhungern, wenn du nicht vorher von Trader erwischt wirst". „Trader?" Bei dem Namen bekomme ich eine Gänsehaut.

„Es ist so. Manche Bürger von Milan besitzen ein Fabelwesen, das auf sie hört und sie beschützt. Elisabeth ist eine der wenigen, die solch ein Wesen ihr eigen nennen darf, und das ist Trader. Und glaub mir, du willst Trader nicht begegnen." „Wie sieht dieser Trader denn aus?" „Ich bin ihm glücklicherweise noch nie begegnet, sonst würde ich hier nicht sitzen. Man sagt aber, er sieht aus, wie der Hölle entsprungen. Seine Augen sind Schwarz wie die Nacht, seine Haut so unverletzbar wie Granit und seine Klauen schärfer als jede Klinger dieser Welt". „Okay, … ich glaube, ich will ihm auch nicht begegnen. Und welche Aufgabe hat dieser Trader?" „Er findet die, die Elisabeth tot sehen möchten. Und der Trader hat nie seine Aufgabe verfehlt". Ich bekomme erneut eine Gänsehaut. „Sit bitte, versteh mich doch. Ich kann Damien nicht einfach zurücklassen. Das würde mein Gewissen nicht mitmachen." Und mein Herz, denke ich mir. „Ende der Diskussion. Wir gehen weiter." „Wohin überhaupt?" „Wir bringen dich wieder nach Hause. Irgendwie bist du hier her gekommen und genauso bringen wir dich auch wieder zurück. Also erinnere dich." Ich versuche, zurückzudenken. „Wir sind zu dieser Grotte gerannt. Unter dem alten Woodhome Anwesen. Dort gab es kein Entkommen und so sind wir in die Grotte gesprungen und in eurem Loch wieder aufgewacht." „Das alte Woodhome Anwesen. Wie sah es aus? Hat Damien irgendetwas darüber erzählt? Kannst du dich an irgendein Detail erinnern. Denk nach Zoye." „ Es ist ein riesiges Haus gewesen. Mit schwarzen Backsteinen, schwarzen Fenstern und einer riesigen schwarzen Eingangstür. Unter dem Anwesen liegt ein altes Verließ. Zumindest sieht es so aus. Überall sind schwarze Eisengitter und es gibt unglaublich viele Tunnel, durch die wir gerannt sind. Damien schien genau zu wissen, wo wir lang laufen mussten. Irgendwann kamen wir dann an der Grotte an und ich schwöre, ich habe noch nie so klares, türkises Wasser gesehen. Es schien förmlich zu scheinen." „Moment, ich kenne diese Grotte. Sie ist in Elisabeths Verließ tief unten verborgen vor der Welt. Elisabeth trinkt dieses Wasser, um jung zu bleiben." Juhu, denke ich mir. „Also muss ich mich irgendwie in Elisabeth ihren Palast schmuggeln, das Verließ durchqueren, ohne mich hundert Mal zu verlaufen und eine verzauberte Grotte finden, ohne dabei erwischt zu werden. Nichts leichter als das." Sit muss schmunzeln. „Okay, wir bauchen einen Plan. Zoye?" „Mhm?" „Hast du schon mal was von der Stadt der Untoten gehört?"

„Klar, da geh ich öfter mal shoppen. Was fragst du so blöd? Natürlich nicht! Das klingt wie ein schlechter Horrorfilm: Die Stadt der Untoten." „Also, es ist leicht, die Stadt der Untoten zu betreten, jedoch ist noch nie jemand wieder von dort zurückgekehrt." „Aha. Und du hast jetzt vor, dahin zu gehen, weil …?" „In der Stadt der Untoten gibt es angeblich gewisse Dinge zu kaufen. Unter anderem ein Elixier, das dir dabei hilft, einen Tag lang wie ein anderer Mensch auszusehen. So könnten wir dich in den Palast schmuggeln, ohne dass jemand dich für Elisabeth halten würde. Du müsstest nur noch die Grotte finden und dann wärst du wieder zu Hause." Sit sieht ziemlich stolz aus. „Okay Mister Oberschlau. Hast du bei deinem Superplan auch bedacht, wie wir aus dieser Stadt der Untoten jemals wieder raus kommen?" Die Freude in seinem Gesicht entweicht. „Okay, ein Punkt für dich." „Und außerdem haben wir mit diesem Plan immer noch nicht Damien gerettet!" „Die Rebellen werden ihn früher oder später gehen lassen. Ohne dich ist er nutzlos für sie. Sie denken, Elisabeth hätte ihn zurückgelassen, also ist er unwichtig für sie." „Darauf kann ich mich nicht verlassen. Wir müssen ihn retten!" Sit schnauft. „Okay, wir holen das Elixier, retten Damien und bringen dich zurück nach Hause. Was hältst du davon?" Ich fasse es nicht, dass ich das sage: „Okay, dann auf in die Stadt der Untoten".

Sit

Wir brechen sofort auf, nachdem das Feuer erloschen ist. Die Gefahr ist zu groß, dass es sonst jemand entdecken könnte und sich auf die Suche nach uns macht. „Sit? Darf ich dich mal was fragen." „Ja klar. Was denn?" „Wieso hast du mir geholfen zu fliehen? Ich meine, die Rebellen, sie sind doch deine Familie und deine Freunde. Und ich bin eine völlig Fremde für dich." Sit denkt nach. „Ich weiß es nicht Zoye. Ich habe das Gefühl, ich kenne dich irgendwo her. Frag mich nicht wieso. Ich musste dir einfach helfen." „Wenn du wüsstest, wie sehr ich das Gefühl habe, dich zu kennen." „Wie meinst du das Zoye?" „Du warst ehrlich zu mir, also bin ich auch ehrlich zu dir. Du hast ja mittlerweile begriffen, dass ich genauso aussehe wie Elisabeth. Auf der Erde, dort wo ich herkomme, gibt es einen Jungen, der genauso aussieht wie du. Kyle ist sein Name und er ist mir wirklich wichtig. Jedes mal, wenn ich dich anschaue, muss ich an ihn und mein Zuhause denken." Autsch, das tut weh. Es sollte mir nicht Weh tun, aber der Gedanke, dass ich sie an einen anderen Kerl erinnere, schmerzt. Ich schweige und auch Zoye scheint in ihren Gedanken zu versinken.

Wir sind schon mindestens zwei Stunden unterwegs, also ich ihn plötzlich höre. Ein Heulen hallt durch die Bäume. Es lässt mir das Blut in den Adern gefrieren. „Lauf!", schreie ich und wir beginnen zu rennen. Wir fliegen förmlich durch die Bäume, doch das Heulen kommt immer näher. Zoye wird immer langsamer. „Zoye, los, er kommt immer näher." Ich nehme ihre Hand und ziehe sie hinter mir her. „Wovor fliehen wir?" „Der Trader. Elisabeth hat ihn gewiss geschickt. Und wenn er dich erst hat, gibt es kein Entkommen mehr." Wir rennen los, doch irgendwann geht es nicht mehr weiter. Ein reisender Fluss versperrt uns den Weg. Ich drehe mich um und schiebe Zoye hinter mich. Ein Knurren hallt aus den Bäumen und dann sehe ich ihn. Die Beschreibung stimmt. Er hat schwarze Augen so wie die Nacht. Er schaut mich direkt an. Ich versuche, meine Magie anzuwenden, aber wie ich es mir schon gedacht habe, ist er immun dagegen. Er kommt einen Schritt auf uns zu. Ich weiß, was er will. Ich schreie ihn an: „Komm her du Bestie. Doch wenn du sie willst, musst du an mir vorbei". Ich weiß nicht, ob er mich versteht, doch er scheint seine Lechzen nach oben zu ziehen. Er pirscht sich an und beginnt uns zu umkreisen. Doch plötzlich bleibt er stehen und schaut Zoye direkt an. Er beginnt zu … weinen. Anders kann ich es nicht beschreiben. Er winselt vor sich hin und Zoye schiebt mich beiseite. Ich fasse sie am Arm, doch sie schiebt meine Hand behutsam weg. „Vertrau mir", sagt sie. Sie geht einen Schritt auf den Trader zu und dieser hört auf zu winseln. Er schaut sie weiterhin an. Zoye hebt ihre Hand und will sie auf sein Gesicht legen, doch der Trader zuckt zurück, als hätte er Angst, dass sie ihn schlägt. „Pscht, ich will dir nichts tun, Skyla." Der Trader sieht verunsichert aus. Zoye legt ihre Hand an sein Gesicht und plötzlich scheint zwischen den beiden eine Verbindung zu bestehen. Ich weiß nicht, wie ich es beschreiben soll, aber sie scheinen miteinander zu kommunizieren. „Zoye? Was tust du da?" Doch sie scheint mich gar nicht zu hören. Auch der Trader ist wie hypnotisiert von ihr. „Er will dir nichts Böses. Er will mich nur beschützen." Mit wem redet sie da? „Zoye?" Doch sie beachtet mich nicht. Der Trader legt seinen riesigen Kopf in Zoyes kleine Hand und es sieht wirklich so aus, als würden sie… kuscheln. Ich fasse es nicht. Zoye kann sogar den Trader um ihren kleinen Finger wickeln. „Skyla. Wir sind auf der Suche nach dem Tor in die Stadt der Untoten. Kannst du uns helfen?" Ich fasse es nicht. Sie hat diesem Vieh einen Namen gegeben. Ich muss lachen und „Skyla" schaut mich an und fängt an zu knurren. „Ich weiß, er kann ein Idiot sein Skyla, aber er hat mich aus dem Gefängnis der Rebellen befreit." Wie kann sie diesem Vieh von den Rebellen erzählen? Es arbeitet für Elisabeth! „Zoye, es reicht jetzt. Komm her!" Skylla macht einen Schritt auf mich zu und zeigt ihre Zähne. Sobald ihr Blick wieder Zoye erreicht, scheinen ihre schwarzen Augen sich aufzuhellen. „Ich danke dir, Skyla. Komm her

Sit." „Ich nähere mich diesem Vieh keinen Meter. Schwer zu glauben, aber ich hänge an meinem Leben." „Sie wird dir nichts tun, Sit. Sie möchte uns helfen. Sie bringt uns in die Stadt der Untoten." „Und wie?" „Sie fliegt uns hin." In diesem Moment schwingt Skylla ihre Flügel aus und ich springe erschrocken zurück. „Sonst gehts dir noch gut, Zoye. Für keine zehn Pferde steige ich auf dieses Vieh." Wieder knurrt Skyla mich an. „Hör auf, sie so zu nennen, dass kann sie überhaupt nicht leiden. Behandle sie mit etwas mehr Respekt." Ich glaube, ich spinne. Dieses Vieh hat Hunderte von Menschen getötet und jetzt sieht es aus wie das frommste und bravste Tierchen auf der Welt. „Sit, wie willst du sonst dorthin kommen? Skyla ist unsere einzige Chance. Vertrau mir, okay? Wenn du ihr nicht vertrauen kannst, dann vertrau mir. Ich kann mit ihr kommunizieren, sie wird uns nichts tun." Wie kann Zoye glauben, dass sie dem Trader vertrauen kann. Er arbeitet für Elisabeth. Er kann gar nicht anders, als ihren Auftrag auszuführen. „Ich weiß, du kennst sie nicht, aber Astrid Lindgren hat mal etwas sehr schlaues gesagt: Lass dich nicht unterkriegen. Sei frech, und wild und wunderbar." „Wer ist diese Astrid Lindgren." Zoye muss schmunzeln. „Sagen wir es mal so. Sie ist eine Kindheits Freundin." „Also, lass uns wild sein. Steig auf." Bevor ich sie aufhalten kann, ist Skyla in die Knie gegangen und Zoye auf ihren Rücken geklettert. „Sei ein Mann

Sit." Okay, also das lasse ich mir nicht zweimal sagen. Mit langsamen Schritten gehe ich auf Skylla zu und sie lässt mich dabei nicht aus den Augen. Doch zumindest knurrt sie mich nicht mehr an. „Zoye, sag ihr bitte, dass ich jetzt auf sie steige okay?" „Ist schon erledigt. Sie weiß Bescheid. Also komm jetzt." Ich schwinge mein Bein über Skalas Rücken und aus Reflex klammere ich mich an Zoye. Skylla und sie fangen doch wirklich an zu lachen. „Sehr witzig ihr zwei." „Ja, das finden wir auch. So, Skyla, ab in die Lüfte. Bring uns zu unserem Ziel." Skyla beginnt loszurennen und ihre Flügel auf und ab zu schwingen und dann fliegen wir durch die Lüfte.

Damien

Ich sehe die Rebellen mittlerweile nur noch, wenn sie mir Brot und Wasser bringen. Keiner antwortet mir auf meine Fragen. Sit ist seit Ewigkeiten nicht wieder zurückgekehrt. Und über Zoye gibt mir auch keiner Auskunft. Ich drehe noch durch. Da höre ich plötzlich einen lauten Knall. Die Erde über mir bebt und ich höre Schreie aus den Tunneln. „Sie sind geflohen." „Der Tunnel ist zusammengestürzt." „Wir können nicht hinterher." Oh Gott. Ist Zoye geflohen? Ist sie jetzt ganz alleine da draußen? Oder ist Sit bei ihr? Bei diesem Gedanken spüre ich ein Stechen in meiner Brust. Er war Zoye sehr zugeneigt, aber wer wäre das nicht, wenn man sie auch nur ein bisschen besser kennengelernt hat. Barnes kommt in das Verließ gerannt. „DU! VON WEGEN DEINE FREUNDIN IST EIN GEWÖHNLICHER MENSCH OHNE JEGLICHE KRÄFTE. SIE HAT UNSEREN VERDAMMTEN AUSGANG EINSTÜRZEN LASSEN!" Also doch. Sie hat es geschafft zu fliehen. Oh Gott, ich muss schnellstens hier raus und ihr nach. Sie hat doch keine Ahnung, wie gefährlich die Welt da draußen ist. Ich muss mir schnellstens etwas einfallen lassen. Barnes wendet sich zum Gehen. „Barnes warte. Ich würde gerne mit Raven sprechen. Ich habe ihr einen Vorschlag zu machen!" Barnes bleibt kurz stehen und denkt nach. Dann verlässt er mein Verließ und lässt mich zurück.

Nach einiger Zeit kommt Finn, ein weiterer Rebell, in mein Verließ. „Raven wünscht mit dir zu sprechen." Er schließt meine Zelle auf und zieht mich nach oben. Ich bekomme die Augen verbunden, damit ich nicht weiß, wo wir lang laufen, doch ich kann mir sowieso jede Abbiegung merken. Nach einiger Zeit bleiben wir stehen und ich bekomme die Augenbinde abgenommen. Bevor ich es sehen kann, weiß ich, dass sie hier ist. Ich spüre sie, Raven. Doch als ich sie dann sehe, kann ich es nicht glauben. Sie sieht aus wie Zoye, nur einige Jahr älter. Sie hat dieselben großen, braunen Augen, die langen braunen Haare und die Stupsnase, die ich an Zoye so schön finde. „Guten Tag Damien. Mir wurde gesagt, du hättest mir einen Vorschlag zu unterbreiten. Doch vorab habe ich einige Fragen an dich." „Immer raus damit" „Elisabeth, seit neuestem Zoye genannt, hatte einen sehr alten Namen für mich benutzt. Erinnerst du dich noch an die Regierungszeiten von König George?" Ich war noch sehr klein, als König George regierte. „Zu dieser Zeit gab es in Milan noch so etwas wie eine Familie. Nicht nur Erzeuger, sondern richtige Eltern, die sich um ihre Kinder gekümmert haben. Naja, auf jeden Fall nannte man diese Mom und Dad. Und Zoye hat mich Mom genannt.

Kannst du mir das erklären." Da fällt es mir wie Schuppen von den Augen. Zoye hat oft an ihre Mom gedacht. Sie ist, als sie noch klein war, verschwunden, das konnte ich aus ihren Gedanken raus hören. Und immer wenn sie an ihre Mom dachte, wurde sie ganz traurig. Zoye muss wohl gedacht haben, Raven wäre ihre Mom. „Wie hast du auf diese Bezeichnung reagiert?" „Ich habe Elisabeth gesagt, dass ich mich schämen würde, wenn ich so eine Tochter hätte wie sie." Wut baut sich in mir auf. Wie kann man so herzlos sein und Zoye so etwas ins Gesicht sagen. „Sie sind doch kein Stück besser als Elisabeth! Wie können sie Zoye so weh tun! Haben sie nicht gesehen, wie zerbrechlich sie ist. Das wird ihr das Herz gebrochen haben." „Ich muss zugeben, Elisabeth hatte eindeutig bessere Zeiten. Sie wirkt so schwach. Es ist wirklich widerlich." Langsam reicht es mir. „Weil sie nicht Elisabeth ist. Dieses Mädchen, von dem sie reden, ist Zoye, ein Mensch von der Erde und sie haben ihr unglaublich weh getan!" Ich fühle, wie es in Ravens Kopf zu arbeiten beginnt. Sie hört das Wort Erde nicht zum ersten Mal, doch sie kann es nicht zuordnen. Ihr Kopf scheint es zu blockieren. „Raven?" Doch sie reagiert gar nicht. Ihr Blick ist ins Leere gerichtet und versucht sich, einen Reim aus all dem zu machen. „Entschuldigt mich", sagt Ragen und verlässt sofort den Raum. „Warte. Hör dir meinen Vorschlag an." Raven bleibt stehen. „Ihr wollt

Elisabeth und sicher auch Sit wieder. Ich will Zoye. Lasst mich die beiden suchen gehen. Ich bringe euch Sit und verrate euch alles, was ich über Elisabeth weiß. Und glaubt mir, die Informationen sind mit Sicherheit bedeutsam. Dafür überlasst ihr mir Zoye." Raven nickt und verlässt die Höhle mit schnellen Schritten. Was war das denn bitte? Finn ist genauso verwirrt wie ich. „Du hast es gehört. Lass mich frei. Oder willst du gegen den Befehl deiner Königin verstoßen?" Finn baut sich neben mir auf. „Ich würde alles für meine Königin tun. Und ihr Wille ist mir Befehl. Steh auf, du Hund. Ich bringe dich zu unserem Nebenausgang, der andere ist im Moment … nun ja, sagen wir unpässlich." Ich bekomme erneut die Augen verbunden und irgendwann kann ich die Luft riechen. Ich spüre die Klarheit und die Frische, die von ihr ausgeht und merke direkt, wie meine Energien aufgeladen werden. „So, ich nehme dir jetzt die Augenbinde ab und dann verschwindest du, so wie du gekommen bist!" Sobald Finn mir die Augenbinde abgenommen hat, zieht er sein Schwert und geht Rückwärts zurück in das Lager der Rebellen.

Ich sauge die Kraft des Waldes in mir auf, und sofort höre ich, ob sich jemand in meiner Nähe befindet. Doch hier ist weit und breit niemand. Wo soll ich nur anfangen zu suchen. Wenn ich Zoye wäre, wo würde ich hin gehen? Vermutlich würde ich versuchen, wieder nach Hause zurückzugelangen. Doch das kann sie nur durch die Grotte im Palast und diesen kann sie unmöglich betreten, ohne entdeckt zu werden. Also, neuer Plan. Nehmen wir mal an, Sit ist bei ihr, was ich immer noch nicht toll finde, dann hätte er sich wahrscheinlich ein Nachtlager aufgebaut. Doch wo? Vermutlich irgendwo in den Wäldern, wo die Rebellen nicht nach ihm suchen würden. Vielleicht ist er in den Wald, nahe der Stadt der Untaten gegangen. Es wäre riskant, doch dort würden die Rebellen gewiss nicht nach ihm suchen. Selbst Elisabeth meidet diesen Teil des Waldes, beziehungsweise hat uns immer vorgeschickt. Also mach ich mich auf den Weg Richtung Süden. Man sagt, zum Wald vor der Stadt der Untoten, auch Zauberwald. Dort leben seltsame Kreaturen. Wesen, die nur selten Menschen zu Gesicht kriegen und wenn, dann überleben sie dies meist nicht. Ich habe von Erzählungen gehört. Von kleinen Wesen, Kobolde genannt, die versuchen, aus allem etwas rauszuschlagen. Dann von Riesen, die alles und jeden essen. Außerdem von Elfen, die dich mit ihrem Gesang verzaubern und zum Schluss vom Trader. Der Trader ist Elisabeths „Haustier". Ich bin oft mit ihm auf die Jagd gegangen und ich weiß, wozu er fähig ist. Wenn er Zoye und Sit erwischt haben sollte … Ich will gar nicht drüber nachdenken. Ich komme immer tiefer in den Zauberwald hinein und als die Bäume schließlich anfangen, immer bunter zu werden, spüre ich auch, wie meine Energie immer weiter schwindet. Plötzlich bleibe ich stehen, weil ich etwas hören kann. Da sind Menschen. Zwei genau. Ein Mädchen und ein Junge. Und dann spüre ich sie und mein Herz schlägt Purzelbäume. Ihre Wärme durchströmt mich und in dem Moment ist mir alles andere egal. Ich schreie: „Zoye ich komme! Halte durch!" Doch da höre ich es schon. Das Schlagen der Flügel des Traders. Gerade, als ich den Wannriver erreiche, sehe ich, wie der Trader mit Zoye, und Sit hinter ihr, in die Lüfte steigt. Ich schreie erneut nach ihr, doch sie ist zu weit weg, um mich zu verstehen. Wo wollen sie hin? Und wie hat Zoye es geschafft, auf den Trader aufzusteigen, ohne gefressen zu werden? Der Trader hat noch nie einen Auftrag nicht ausgeführt. Obwohl, ich genauso wenig und dann kam Zoye. Ich hatte Recht, sie sind in den Zauberwald gegangen. Der Trader muss sie dort gefunden und gejagt haben. Doch was ist dann geschehen? Oder bringt er die beiden in den Palast, um sie Elisabeth vorzuwerfen. Genau, das ist es. Er will den beiden nicht helfen, er lockt sie in eine Falle, dass muss es sein! Elisabeth will Zoye lebend, um sie dann leiden zu lassen, so wie es ihr gefällt. Doch diesmal nicht mit mir!

Zoye

Während des Fluges spreche ich mit Skyla. Ich erzähle ihr alles, von meiner und Damiens erster Begegnung bis hin zu der Flucht aus dem Unterschlupf der Rebellen. Sykla scheint Sit zwar immer noch nicht zu mögen, doch sie scheint langsam zu verstehen, dass er mich gerettet hat. Plötzlich verdüstert sich der Himmel über uns. „Oh nein. Elisabeth weiß es". Skyla hat Angst, dass kann ich spüren. „Keine Angst mein Mädchen. Wir schaffen das." Es beginnt zu donnern und zu blitzen und der Hagel drückt Skylla immer weiter nach unten. Das Problem ist nur, unter uns ist nichts außer Wasser. Skylla hat mir erklärt, dass wir uns über dem Holiocean befinden, dem Meer, das die Stadt der Untoten vom Zauberwald trennt. Kein Schiff hat es jemals geschafft, dieses Meer und dessen Bewohner zu überqueren. Der Hagel wird immer stärker und wir sinken immer weiter ab. „Skyla, kannst du schwimmen?" „Wir werden in diesen Gewässern nicht lange überleben. Dort schwimmen Lebewesen, die uns zum Frühstück verspeisen. Dagegen ist Skyla ein kleines Kätzchen." Sit scheint wirklich Angst zu haben. Skyla schnaubt beleidigt. „Ich kann uns nicht mehr lange oben halten Zoye." Ich spüre, wie Skyla immer schwächer wird. Schnell, denk dir was aus Zoye. Doch was? Ich sehe, das etwas unter der Wasseroberfläche schwimmt und es ist echt verdammt groß. Ich habe, ehrlich gesagt, keine Lust, diesem Etwas zu begegnen. „Zoye, ich kann nicht mehr." Und mit diesem Satz fallen wir hinab. Kurz bevor wir auf das Wasser und dieses Wesen aufprallen, spreize ich meine Finger und das Wasser beginnt sich zu teilen. Wie damals in der Bibel teilt sich das Wasser und ein Weg wird frei. Ich fasse es nicht, wie ist das möglich? Skyla schafft es mit letzter Kraft unversehrt zu landen und bricht dann zusammen. Der Hagel hat aufgehört und auch der Himmel wird wieder klarer. Doch ich kann spüren, wie Elisabeth Skylas Energie raubt. „Skyla, was kann ich tun?" „Du kannst nichts tun. Lasst mich hier. Folgt diesem Weg und er wird euch zu einem Vulkan führen. Dort findet ihr den Eingang zur Stadt der Untoten." „Sag mal, spinnst du jetzt? Ich lass dich bestimmt nicht hier, damit du von irgendeinem Seeungeheuer gefressen wirst." Angeblich hab ich doch Zauberkräfte. Dann wollen wir doch mal schauen, was sie noch so alles können. Ich lege meine Hände auf Skyla und spüre, dass sie aufgehört hat zu atmen. Schnell Zoye. „Ene Mene Spielkarten, du beginnst sofort zu atmen. Hex hex." Nichts passiert. Sit räuspert sich. „Zoye, was tust du da?" Mir steigen die Tränen in die Augen, als Skyla sich immer noch nicht rührt. „Ich versuche sie … Ach, ich weiß auch nicht. Bei Bibi Blocksberg hat das immer funktioniert." „Wer ist Bibi Blocksberg?" „Ist jetzt egal.

Wie bekommen wir Skyla hier raus? Ich werde sie nicht hier lassen." Ich schaue Sit erwartungsvoll an. „Ja, tragen kann ich sie schon mal nicht, so viel steht fest." Ich sehe die Seeungeheuer links und rechts neben uns vorbei schwimmen. Sie wollen durch die Wand und ich spüre, wie meine Energie immer schwächer wird. Mit letzter Kraft lege ich beide Hände auf Skylas Rücken und schreie: „Verlass mich nicht, Skyla. Bleib bei mir!" Plötzlich erscheint ein Licht vor mir und ich spüre, wie meine Energie in Skyla übertragen wird. Ich höre sie wieder. „Zoye", sagt sie. Und dann ist alles um mich herum schwarz.

Als ich aufwache, spüre ich, wie wir erneut durch die Luft getragen werden. Ich setze mich auf und fühle zwei starke Arme, die sich um mich gelegt haben. „Sit, du erdrückst mich." Schnell lässt er mich los und ich frage Skyla, was passiert ist. „Du hast mir genug Kraft gegeben, um uns aus dieser Hölle raus zu fliegen. Und nun schau. Da vorne ist er. Der Mount of the deads." Ich kann kaum glauben, was ich sehe. Vor uns liegt ein gigantischer Vulkan. Er ist pechschwarz, doch es kommt kein Dampf oder ähnliches aus ihm heraus. „Der Vulkan ist schon seit Jahren ausgestorben. Doch ihr müsst in ihn hinein springen, um in das Reich der Untoten zu gelangen." Moment mal. „Ähm Sit. Skyla erzählt mir gerade, dass wir angeblich in diesen Mount of the deads reinspringen sollen. Hast du dazu etwas zu sagen?" „Ähm ja, dass habe ich wohl bei meinem Plan vergessen zu erwähnen." Ich fasse es nicht. Ich springe doch nicht Hunderte von Metern in einen Vulkan hinein. Spinnen die. In diesem Moment landen wir auf der Vulkanspitze. Eine kleine Öffnung lässt mich nach unten schauen und ich kann keinen Boden sehen. „Ohhhhhh nein! Vergesst es. Das mache ich nicht. Ich spring ja nicht mal vom Ein-Meter-Brett!" Sit nimmt meine Hand. „Gemeinsam schaffen wir das. Denk an dein Zuhause." Irgendwie beruhigt es mich, zu wissen, dass Sit bei mir ist. „Können wir?" Ich nehme allen meinen Mut zusammen. „Dann auf in die Stadt der Untoten! Auf in neue Abenteuer!" Und dann springen wir und fallen immer tiefer und tiefer.

Habe ich Ihr Interesse geweckt?

Falls Ihnen der erste Band der Trilogie: Two worlds, one family, gefallen haben sollte, keine Angst. Der zweite Teil lässt nicht lange auf sich warten.

Falls Sie weiteres Interesse an mir, dem Buch oder auch immer wieder aktuellen Neuigkeiten haben, besuchen Sie mich doch auf meiner Homepage: marie-biehl.jimdo.com

Bis dahin sage ich:
Auf in neue Abenteuer!

Bibliografische Information der Deutschen Nationalbibliothek: Die Deutsche Nationalbibliothek verzeichnet diese Publikation in der Deutschen Nationalbibliografie; detaillierte bibliografische Daten sind im Internet über dnb.d-nb.de abrufbar.

TWENTYSIX – Der Self-Publishing-Verlag
Eine Kooperation zwischen der Verlagsgruppe Random House und BoD – Books on Demand

© 2017 Biehl, Marie

Herstellung und Verlag:
BoD – Books on Demand, Norderstedt

ISBN: 978-3-7407-1548-9